J. M. 쿳시

매력적인 예술세계를 탄탄히 구축한 위대한 작가
J. M. 쿳시는 노벨문학상(2003년)과 세계 최초의
부커상 2회 수상이라는 진기록을 갖고 있다. 소설
을 '사유의 한 방식'으로 생각하는 그는 사유의 폭
과 깊이에서 거의 독보적인 작가이다. 2023년 펴
낸『폴란드인』에서 그는 맹목적 사랑과 연민, 삶
과 죽음, 사랑과 예술에 관한 자신의 사유를 흥미
롭게 펼쳐놓았다. 단테와 베아트리체, 쇼팽과 상
드의 사랑 이야기가 바탕에 깔린 이 소설에서 주
인공 베아트리스와 비톨트는 스페인의 휴양섬 마요르카에서 거부할 수 없는
삶의 일탈에 빠진다. 남성 중심이 아니라 여성의 시각에서 이야기가 전개된다.
저자는 영어로 작품활동을 하지만 영어의 패권주의에 저항하는 의미로 이 소
설을 스페인어로 먼저 출간했다.

쿳시는 남아프리카공화국의 케이프타운에서 태어나 케이프타운대학에서 영
문학과 수학을 전공했고, 영국에서 컴퓨터 프로그래머로 일하기도 했다. 미국
텍사스주립대(오스틴)에서 박사학위를 받고 뉴욕주립대(버팔로) 영문과 교수
가 되었다. 이어 1972년부터 2001년까지 케이프타운대 영문학과 교수로 재
직했다. 그를 세계적 작가로 부상하게 만든『야만인을 기다리며』, 1983년 첫
부커상을 안겨준『마이클 K의 삶과 시대』, 두 번째 부커상을 안겨준『추락』,
자전 삼부작『시골적인 삶의 풍경』등을 포함해 수많은 문제작을 펴냈다. 학자
로서도 뛰어나『백인의 글쓰기』,『검열에 관하여』,『이중 시점』등 명저를 남
겼다. 인종차별정책인 아파르트헤이트 앞에서 아프리카너(네덜란드계 백인)로
서의 정체성에 관한 운명적 혼란과 식민주의자들의 원죄 의식을 형상화했고,
현실의 부조리를 미니멀리즘적 접근 방식으로 보여줘 독자의 공감을 이끌어
냈다. 2002년 호주로 이주해 애들레이드에서 살고 있다.

cover image 정지연
design 형태와내용사이

폴란드인

THE POLE

폴란드인

J. M. 쿳시 소설
왕은철 옮김

J. M. COETZEE

말하는
나무

〜 이 책에 대한 찬사 〜

"깊은 감동을 주는 소설."   _로스앤젤레스 타임스, 데이비드 율린

"놀랍도록 다정한 새 책."   _뉴욕 리뷰 오브 북스, 마이클 가러

"쿳시는 수십 년 동안 우리에게 아름다움에 대한 교훈을 주었다."
           _가디언, 존 셀프

"사랑이 욕망의 대상을 어떻게 변화시키는지 묘사하고 있다."
           _로스앤젤레스 리뷰 오브 북스, 재스민 리우

"민첩하고, 능숙하고, 자극적이며, 군더더기 없이 예기치 않은 감동을 준다."
           _월스트리트저널, 샘 색스

"쿳시의 산문은 확실히 경제적이다. 모호함을 피하지만 시적이지는
않다. 안개같이 모호한 경험을 선명하고 유창하게 표현한다."
           _런던 리뷰 오브 북스, 니컬러스 스파이스

"사려 깊고 신중하며 겸손한 이야기는 마지막 페이지를 덮은 뒤에도
계속 머릿속에 남을 것이다. 놀라운 결말이 앞선 모든 이야기를 다시
생각하게 하기 때문이다."   _하버드 크림슨, 엘리사 덴너리

"북극과 남극 사이만큼이나 멀고 서로 다른 두 사람이 마주하는 것은
어려운 일이지만 사랑이 우리를 밀어준다."   _뉴요커, 제니퍼 윌슨

"쿳시는 메스처럼 정밀하고 효과적으로 글을 쓴다. 그의 문장들은 팽
팽하게 감긴 스프링 같다. 그것들이 발산하는 에너지를 불러오려면
다른 작가들은 몇 페이지를 써야 할 것이다."   _뉴요커, 대프니 머킨

"사랑을 포기하지 않는 것은 사랑이라는 행위 자체가 지닌 아름다움
때문이다."   _정찬, 소설가

"떠나지 않는 은밀한 진심…… 외로움, 혼란, 욕구에 대한 감정적 진실을 파고든다."
_에어메일, 피코 라이어

"세련되고 애수 어린 소설. 음악의 언어와 주제에 중점을 둔 책……. 조용한 걸작."
_시카고 리뷰 오브 북스, 엘리 에벨리

"지속적으로 인상적인 뉘앙스를 가지고 의도적으로 천천히 연주한다."
_오늘의 세계문학, J. R. 패터슨

"이 가을 최고의 책 중 하나. 쇼팽과 조르주 상드의 관계를 연상하는, 폴란드의 자유로운 피아니스트와 매혹적인 그녀의 관계." _배니티 페어

"음악과 언어의 근본적 영향을 절묘하게 고양하는 작품. 예술, 사랑, 인간 경험 사이의 수수께끼 같은 관계를 분명히 한다."
_북리스트, 조지 켄델

"풍요한 이야기로 몰입하게 한다. 장식되지 않은 산문으로 일관되게 예리하다."
_퍼블리셔스 위클리

"쿳시는 마지막 위대한 소설가 중의 한 명이 될 것이다."
_네이션, 판카즈 미시라

"자신이 쓰는 장르의 규칙을 새로 만드는 작가는 무법자다. 쿳시는 1973년부터 무법자 소설가였다." _뉴욕타임스 북 리뷰, 벤저민 오그던

"쿳시는 억제의 달인이며, 말해지지 않은 것과 분명하게 표현되지 않은 것에 관한 위대한 거장 중 한 명이다."
_뉴욕 리뷰 오브 북스, 핀턴 오툴

* 『폴란드인』은 원래 영어로 쓰였으나 스페인어로 먼저 출간되었다. 쿳시는 영어권 소설가이지만 "영어가 이 세계를 장악하고 있는 방식"을 싫어해 영어가 아닌 스페인어로 먼저 출간했다고 밝혔다.

_에어메일

『폴란드인』을 쓰는 동안 조언과 도움을 준 마리아 솔레다드 코스탄티니, 마리아나 디모풀로스, 조르주 로리, 발레리 마일스에게 감사드린다.

차례

1장

1 여자가 먼저 그*를 곤란하게 만들고, 이어서 곧 남자가 그렇게 한다.

2 처음에 그는 여자가 누구인지 아주 명확히 알고 있다. 그녀는 키가 크고 우아하다. 일반적인 척도에서 보면 미녀는 아닐지 모르지만, 검은 머리와 눈, 높은 광대뼈, 풍만한 입술이 두드러지고 낮은 콘트랄토 목소리에는 편안한 매력이 있다. 섹시하냐고? 아니, 섹시하지는 않다.

* 이 소설의 작가이자 화자.

더더욱 유혹적이지는 않다. 젊었을 때는 섹시했을지 모른다. 저런 용모에 어찌 그러지 않을 수 있으랴? 그러나 사십 대가 된 그녀에게는 쌀쌀함이 감돈다. 걷는 방식이 독특하다. 엉덩이를 흔들지 않고 곧고 거의 당당한 자세로 마루 위를 미끄러지듯 걷는 모습이 특히 그렇다.

그가 보기에 그녀의 외관은 그렇다. 그녀의 자아, 그녀의 영혼에 관해서는 시간이 지나면 밝혀질 것이다. 그가 확신하는 게 하나 있다면 그녀가 좋은 사람이라는 것이다. 친절하고, 다정하고.

3 남자는 더 문제가 있다. 그도 개념상으로는 아주 분명하다. 그는 폴란드인이고 나이는 칠십, 그것도 활력이 넘치는 칠십이다. 쇼팽* 전문 연주자로 가장 잘 알려진 콘서트 피아니스트지만 논란이 있는 해석자다. 그가 연주하는 쇼팽은 전혀 낭만적이지 않고 오히려 엄숙하다. 바흐 후계자로서의 쇼팽이랄까. 그만큼 그는 콘서트 현장에서는 괴짜다. 그는 자신을 초대한 도시이면서, 우아하고 부드러운 말씨의 여자를 만나게 될 도시인 바르셀로나에

서, 적지만 안목 있는 청중을 끌어들일 정도로 괴짜다.

그러나 폴란드인은 불빛 속으로 나오자마자 변하기 시작한다. 두드러진 흰머리에 독특한 쇼팽 해석으로 말미암아 그 폴란드인은 충분히 독특한 사람으로 보인다. 그러나 영혼이나 감정의 문제에 관한 한, 그는 당황스러울 만큼 불투명하다. 그가 혼신의 힘을 다해 피아노를 치는 것은 의심할 여지가 없지만, 그를 지배하는 영혼은 그의 것이 아니라 쇼팽의 것이다. 그리고 만약 그 영혼이 이례적으로 건조하고 엄격한 느낌이 들면, 그것은 그 자신의 성격에 있는 무미건조함을 가리키는 것일 수 있다.

● 폴란드 출신의 낭만파 음악 작곡가 프레데리크 쇼팽(1810~1849). 명지휘자 겸 피아니스트. 평생 피아노곡 위주로 작곡했다. 쇼팽이 작가 조르주 상드와 교제한 이야기가 이 소설의 기저에 깔려 있다. 파리에서 상드를 만나 사랑에 빠진 쇼팽은 스페인 마요르카섬의 발데모사 오두막에서 상드와 지내며 스물네 개의 아름다운 전주곡(작품번호 28)을 썼다. 하지만 그곳의 혹독한 겨울 추위에 건강이 나빠져 단명하게 된 계기가 됐다. 발데모사에는 그를 기리는 쇼팽박물관이 있다. 쇼팽은 〈피아노협주곡 1, 2〉, 〈즉흥환상곡〉, 〈영웅폴로네즈〉, 〈빗방울 전주곡〉, 21개의 녹턴, 58개의 마주르카, 20개의 왈츠, 18개의 폴로네즈 등 수많은 명곡을 남겼다. 그를 기리는 쇼팽 국제 피아노 콩쿠르가 5년마다 바르샤바에서 열린다. 마요르카에서도 해마다 여름에 쇼팽 페스티벌이 열린다.

4 그들은 어디에서 왔을까? 키가 큰 폴란드 피아니스트와 걸음걸이가 편안해 보이는 우아한 여자이면서 좋은 일을 하며 나날을 보내는 은행가의 아내. 그들은 안으로 들여보내거나 물리치거나 쉽게 해달라며 일 년 내내 문을 두드리고 있다. 마침내 그들의 시간이 온 것일까?

5 폴란드인을 초대한 것은 바르셀로나 고딕 지구의 살라 몸푸*에서 매월 정기 연주회를 여는 서클이다. 그들은 그것을 수십 년 동안 계속해왔다. 연주회는 대중에게 공개되어 있지만 입장료가 비싸다. 그래서 청중은 부자이고 나이가 들었고 취향이 보수적이다.

여자—그녀의 이름은 베아트리스다—는 연주회를 관리하는 이사회 임원이다. 그녀는 의무라고 생각해 이 역할을 하지만 음악이 사랑이나 자선이나 아름다움처럼 그 자체로 좋기도 하고 사람들을 더 좋은 사람으로 만들어준다

---

* Sala Mompou(몸푸 홀): 쇼팽의 영향을 받은 카탈루냐 작곡가 프레데릭 몸푸(Frederic Mompou, 1893~1987)의 이름을 딴 홀 이름.

는 믿음 때문이기도 하다. 그녀는 그것이 순진한 생각이라
는 것을 잘 알지만 여전히 그 생각을 고수한다. 그녀는 지
적인 사람이지만 생각이 많지는 않다. 그녀는 생각이 너무
많으면 의지를 마비시킬 수 있다는 걸 알고 있다.

6 이름에 w와 z가 너무 많이 들어가서 이사회의 누구
도 발음하려고 시도조차 하지 않는 폴란드인—그래
서 그들은 그를 그냥 '폴란드인'이라고 부른다—을 초대
하기로 한 것은 심사숙고 끝에 내려진 결정이다. 그를 후
보에 올려놓은 것은 그녀, 즉 베아트리스가 아니라 그녀의
친구인 마가리타이다. 그 친구는 콘서트 시리즈 뒤에서 활
기를 불어넣는 사람인데, 젊었을 때는 마드리드에서 예술
학교를 다녔고 그녀보다 음악에 대해 훨씬 더 많이 안다.

마가리타의 말에 따르면, 그 폴란드인은 자기 나라에
서 새로운 세대의 쇼팽 전문 연주자들을 위한 길을 닦아
놓았다. 그녀는 그의 런던 공연 리뷰를 사람들에게 돌린
다. 리뷰에 따르면, 강하고 힘찬 쇼팽—프로코피예프 스타
일—은 이제 유행이 지났다. 그것은 쇼팽을 섬세하고 공상

적이고 '여성적인' 기질의 프랑스·폴란드 거장이라고 낙인찍는 것에 대한 모더니스트의 반발이었을 따름이다. 새로운, 역사에 부합하는 쇼팽은 부드러운 음조에 이탈리아풍이다. 다소 지적으로 과도한 면이 있지만, 폴란드인이 쇼팽을 새롭게 해석하는 것은 칭찬받을 만하다.

그녀, 즉 베아트리스는 자신이 역사에 부합하는 쇼팽을 들으며 저녁을 보내고 싶은지 확신이 없다. 그리고 더 적절하게는, 다소 보수적인 서클이 그것을 호의적으로 받아들일지 어떨지 확신이 없다. 그러나 마가리타는 그 문제에 대해 열광적이다. 마가리타는 그녀의 친구다. 그래서 그녀는 그녀를 지지한다.

결국 날짜와 공연료가 제시된 초대장이 폴란드인에게 가고 공연이 성사되었다. 마침내 그날이 되었다. 그는 베를린에서 비행기를 타고 왔고, 공항에서 영접을 받아 호텔까지 차로 모셔졌다. 그날 저녁의 공연이 끝나면 그녀는 마가리타와 마가리타의 남편과 함께 폴란드인에게 식사를 대접하게 될 것이다.

7 베아트리스의 남편은 왜 저녁 식사 자리에 참석하지
않을까? 답은 그가 콘서트 서클이 주최하는 행사에
는 참석하지 않기 때문이다.

8 계획은 아주 단순하다. 그런데 문제가 생긴다. 그날
아침 마가리타가 전화를 걸어 병에 걸렸다고 말한
다. 그녀는 '카이도 엔페르마*', 즉 병에 걸렸다는 다소 형
식적인 표현을 사용한다. 무슨 병에 걸렸는지는 말하지 않
는다. 그녀는 애매하게 말한다. 의도적으로 그러는 것처럼
보인다. 여하튼 그녀는 공연에 오지 않을 것이다. 그녀의
남편도 마찬가지다. 따라서 베아트리스가 환대의 의무를
다해야 한다. 즉, 그들의 손님을 호텔에서 공연장까지 시
간에 맞게 데려가고, 나중에 손님이 원한다면 즐겁게 해주
고, 그가 자기 나라에 돌아갔을 때 친구들에게 **"그래, 바
르셀로나에서 대체적으로 좋은 시간을 보냈어. 그래, 그들
이 나에게 잘해주더군"**이라고 말할 수 있도록 할 것이다.

• caído enferma

"알았어." 베아트리스가 말한다. "내가 할게. 빨리 낫기를 바랄게."

9 그녀는 수녀원 학교를 다닐 때부터 마가리타를 알고 지냈다. 그녀는 친구의 기질과 기획력과 사교적인 침착성을 늘 우러러보았다. 그런데 이제는 그녀가 대신 그 일을 해야 한다. 낯선 도시를 잠깐 방문하는 남자를 즐겁게 하는 덴 뭐가 필요할까? 그의 나이를 고려하면 그가 섹스를 기대하지는 않을 게 분명하다. 그러나 그는 자기한테 아첨하고 추파를 던지는 것은 좋아할 게 분명하다. 추파를 던지는 것은 그녀가 지금까지 습득하려고 했던 기술은 아니다. 마가리타는 다르다. 마가리타는 남자들을 잘 다룬다. 그녀, 즉 베아트리스는 그녀의 친구가 남자를 정복하는 모습을 한 번 이상 흥미롭게 지켜본 적이 있다. 그러나 그녀는 그녀를 흉내 내고 싶지 않다. 만약 그들의 손님이 아첨을 많이 해주기를 기대한다면, 그는 실망하게 될 것이다.

10 마가리타에 따르면, 폴란드인은 '진짜 기억할 만한' 피아니스트다. 그녀는 파리에서 그의 연주를 직접 들었다. 두 사람, 즉 마가리타와 폴란드인 사이에 무슨 일이, 육체적인 일이 있었고, 바르셀로나로 그를 초대하는 일을 추진했던 마가리타가 마지막 순간에 발을 빼고 있을 가능성이 있을까? 혹은 그녀의 남편이 마침내 참을 만큼 참았다며 명령했을까? "병에 걸렸다"는 말을 그런 뜻으로 이해하면 될까? 왜 이렇게 모든 것이 복잡한 걸까!

이제 그녀가 낯선 사람을 돌봐야 하는 상황이다! 그가 스페인어를 할 줄 안다고 기대할 이유도 없다. 영어도 못하면 어쩌지? 프랑스어만 할 줄 아는 폴란드인이라면 어쩌지? 콘서트 서클에서 프랑스어를 할 줄 아는 유일한 단골들은 에스터와 토마스 레진스키 부부인데, 팔십 대인 토마스는 노쇠해지고 있다. 활달한 마가리타 대신에 병약한 레진스키 부부가 같이 있게 되면 폴란드인은 어떻게 생각할까?

그녀는 그날 저녁에 대한 기대가 없다. 그녀는 순회 연주자의 삶이 어떤 삶일지 궁금하다! 공항들과 호텔들,

모두가 다르지만 모두가 똑같다. 심심해하는 남편들과 함께 와서 호들갑을 떠는 중년 여자들. 영혼 속에 어떤 불꽃이 있든, 꺼버릴 정도로.

적어도 그녀는 호들갑을 떨지 않는다. 떠들어대지도 않는다. 만약 폴란드인이 연주 후에 침울한 침묵 속으로 물러나고 싶다면, 그녀도 즉시 침울해질 것이다.

11 모든 것이 원활하게 돌아가도록 콘서트를 준비하는 것은 쉬운 일이 아니다. 그 짐을 이제 그녀가 오롯이 떠맡게 생겼다. 그는 연주회장에서 직원들을 닦달하고(그녀는 경험으로 그들의 감독이 꾸물거린다는 것을 안다), 세세한 것들을 확인하며 오후를 보낸다. 세세한 것들의 목록을 작성할 필요가 있을까? 아니다. 그러나 세밀한 것에 대한 관심 덕에 그녀는 자신이 근면하고 유능하다는 것을 보여주게 될 것이다. 반대로 폴란드인은 비현실적이고 비진취적이라는 게 드러날 것이다. 미덕을 양으로 계산할 수 있다면, 폴란드인이 가진 미덕의 상당수는 음악에 할애되어서 세상사를 위해서는 남은 게 거의 없다. 그런데

베아트리스의 미덕은 모든 방향에서 고르게 쓰인다.

12 홍보물 사진을 보면 남자는 험상궂은 옆모습에 헝클어진 머리를 하고 약간 먼 곳을 바라보는 모습이다. 거기에 딸린 이력에 따르면 비톨트 발치키예비치는 1943년생이고 열네 살에 데뷔했다. 거기에는 그의 수상 경력과 음반 이름이 나열되어 있다.

그녀는 1943년 폴란드에서 전쟁 중에, 양배추와 감자 껍질로 만든 수프 외에는 먹을 것이 없는 상황에서 태어나는 것이 어떠한 것이었을지 궁금하다. 발육이 저지될까? 정신은 어떻게 될까? 비톨트 W.는 굶주린 유년 시절의 흔적을 뼈와 영혼에 간직하고 있을까?

한밤중에 울어대는, 배고파서 울어대는 아이.

그녀는 1967년에 태어났다. 1967년 유럽에서는 아무도 양배추 수프를 먹을 필요가 없었다. 폴란드도 그랬고 스페인도 그랬다. 그녀는 배고픔을 몰랐다. 축복받은 세대.

그녀의 아들들도 축복받았다. 그들은 삶에서 성공하기 위해 나름대로 열심히 일하는 활동적인 젊은이가 되었다.

그들이 한밤중에 울었다면, 배고파서가 아니라 기저귀 때문에 빨개진 피부 때문이거나 그냥 보채느라고 그랬다.

성공을 향한 추진력에서 그녀의 아들들은 어머니가 아니라 아버지를 닮았다. 그들의 아버지는 의심할 여지 없이 성공을 거뒀다. 그러나 그들의 어머니에 대해서는 아직 확신할 수 없다. 영양이 충분하고 활동적인 두 젊은 남자를 세상에 나오게 한 것만으로도 충분한 것일까?

13 그녀는 좋은 교육을 받고 독서를 많이 한 지적인 사람이고 좋은 아내이자 어머니다. 그러나 그녀는 진지한 사람으로 여겨지지 않는다. 마가리타도 마찬가지다. 그들의 서클에 있는 나머지도 마찬가지다. 사교계 여성들. 그들을 놀리는 것은 어렵지 않다. 좋은 일을 한다는 이유로 조롱하고. 스스로도 조롱하고. 우스워 보이는 운명! 그런 운명이 그녀를 기다릴 거라고 짐작이나 했을까?

어쩌면 그것이 하필이면 오늘 마가리타가 병에 걸리기를 택한 이유일지 모른다. 바스타!* 좋은 일은 충분히 했어!

14 그녀의 남편은 콘서트 서클로부터 거리를 지킨다. 그는 독자적인 활동 영역을 고수한다. 부인의 활동 영역은 부인의 것이어야 한다는 거다.

그들, 즉 그녀와 남편은 사이가 멀어졌다. 그들은 같은 학교에 다녔다. 그는 그녀의 첫사랑이었다. 그들은 초창기에는 서로에 대한 열정이 많았다. 만족할 줄 몰랐다. 그러한 열정은 아이들이 태어난 후에도 계속되었다. 그런데 어느 날 그것이 사라졌다. 그는 충분히 했다. 그녀도 그랬다. 그래도 그녀는 정숙한 부인으로 남았다. 남자들이 추파를 던지면 그녀는 피한다. 그들을 환영하지 않아서가 아니라 아직 그쪽으로 발을 떼지 않았기 때문이다. 그녀만이 뗄 수 있는 걸음, 노에서 에스로 가는 걸음.

15 그녀는 폴란드인이 무대로 성큼성큼 걸어 나와 인사를 하고 스타인웨이 피아노 앞에 앉을 때 처음으로 그를 본다.

• 바스타(Basta)는 영어로 enough에 해당.

1943년에 태어났으니 일흔두 살이다. 동작이 편안하다. 그 나이처럼 보이지 않는다.

그녀는 그의 키가 크다는 사실에 놀란다. 그냥 큰 것이 아니라 엄청 크다. 가슴이 재킷 밖으로 터져 나올 것만 같다. 건반에 웅크린 그는 거대한 거미처럼 보인다.

그렇게 큰 손으로 건반에서 달콤하고 부드러운 소리를 끌어내는 것을 상상하기 어렵다. 그러나 그렇게 된다.

남자 피아니스트들은 여자들한테는 기괴하게 보일 그런 손이 있어서 여자들보다 태생적으로 유리한 걸까?

그녀는 전에는 손에 대해, 고분고분 무보수로 일하는 하인들처럼 주인을 위해 모든 것을 다하는 손에 대해 별생각을 하지 않았다. 그녀의 손에는 특별할 게 없다. 곧 오십 세가 될 여자의 손. 때때로 그녀는 조심스럽게 손을 숨긴다. 손을 보면 나이가 드러난다. 목이 그러하듯, 겨드랑이 주름이 그러하듯.

그녀의 어머니 시대에는 여전히 여자가 장갑을 끼고서야 공공장소에 모습을 드러낼 수 있었다. 장갑과 모자와 베일. 사라진 시대의 마지막 흔적들.

16 폴란드인이 그녀를 놀라게 한 두 번째 것은 엄청나게 희고 엄청나게 웨이브가 진 머리다. 그녀는 궁금하다. 그는 호텔 방에 앉아 미용사에게 그런 머리형을 만들게 하며, 그런 식으로 연주회 준비를 하는 것일까? 그러나 어쩌면 그녀가 편협한 것인지도 모른다. 아베 리스트*의 후계자들인 그의 세대 마에스트로들 사이에서는 숱이 많은 회색이거나 흰 머리가 보통 갖춰야 하는 표준형일 수 있다.

몇 년 후 폴란드인에 관한 에피소드가 역사 속으로 사라질 때, 그녀는 그러한 첫인상들을 생각해보게 될 것이다. 그녀는 낯선 사람에게 손을 내밀지, 아니면 그로부터 몸을 움츠릴지 결정할 때, 첫인상을 대체로 중요하게 여긴다. 그녀는 폴란드인이 무대로 성큼성큼 걸어 나와 머리카락을 뒤로 쓸어 넘기며 건반에 손을 댈 때, 그에게 별로 마음이 가지 않았다. 그녀는 속으로 생각했다. **허세가 있는**

• '아베'는 '피아노의 왕' 프란츠 리스트가 개인적 비극을 많이 겪으며 노년에 종교에 귀의했을 때 받은 칭호로 가톨릭 수도원장이라는 뜻의 프랑스어.

사람이로군! 늙다리 광대야! 그녀가 처음에 본능적으로 반응했던 것을 극복하고 폴란드인의 온전한 자아를 보기까지는 상당한 시간이 걸릴 것이다. 그러나 **온전한 자아**라는 것은 사실 무슨 의미일까? 어쩌면 폴란드인의 온전한 모습에는 허세를 부리는 사람, 늙다리 광대라는 특성도 포함되지 않았을까?

17 저녁 연주회는 2부로 나뉜다. 1부는 하이든 소나타와 루토스와브스키*의 무도 모음곡들로 구성된다. 2부는 쇼팽의 24개 프렐류드에 할애된다.

그는 하이든 소나타를 연주한다. 손이 크다고 꼭 서투른 건 아니고, 오히려 여자의 손처럼 섬세하게 춤을 출 수 있음을 보여주려는 것처럼, 그는 하이든 소나타를 맑고 분명한 선율로 연주한다.

루토스와브스키의 소품들은 그녀가 처음 듣는 곡이다.

---

* 폴란드 작곡가(1913~1994) 루토스와브스키의 이름은 이 소설의 주인공과 같은 비톨트(Witold)다. 3장에서 베아트리스가 연주해달라고 하는 곡도 다시 루토스와브스키의 곡이다.

28

그 곡들은 그녀에게 버르토크와 그의 농부 무곡들을 생각나게 한다. 그녀는 그 곡들이 마음에 든다.

그녀는 그 곡들이 다음에 이어지는 쇼팽보다 더 좋다. 폴란드인은 쇼팽 해석자로 유명해졌을지 모르지만, 그녀가 알고 있는 쇼팽은 그가 연주하는 것보다 더 은밀하고 섬세하다. 그녀의 쇼팽은 그녀를 고딕 지구와 바르셀로나를 벗어나, 긴 여름날이 저물어가고 산들바람이 커튼을 움직이고 장미꽃 향이 안으로 들어오는 머나먼 폴란드 평원의 멋진 시골 고택의 거실로 옮겨놓는 힘을 갖고 있다.

그렇게 옮겨지고, 그러한 옮겨짐에 황홀해하는 것. 그것은 음악이 사람들에게 무엇을 해주는지에 대한 케케묵은 생각일 것 같다. 케케묵고 어쩌면 감상적이기까지 한 생각. 그러나 오늘 밤 그녀가 원하는 것은 바로 그것이다. 그리고 바로 그것이 폴란드인이 주지 않는 것이다.

프렐류드의 마지막이 끝나고 나오는 박수 소리는 정중하지만 열광적이진 않다. 진짜 폴란드인이 연주하는 쇼팽을 들으러 와서 실망한 사람은 그녀만이 아니다.

그는 앙코르곡으로, 호스트에 대한 예의로, 몸푸의 소

품을 다소 멍하게 연주하고, 미소도 짓지 않고 무대에서 사라진다.

오늘 기분이 안 좋은 걸까, 아니면 늘 이런 식일까? 그는 집에 전화를 걸어 속물적인 카탈로니아인들의 반응에 대해 불평하게 될까? 그의 불평을 들어줄 폴란드 여자가 집에 있을까? 그는 결혼한 남자 같지 않다. 그는 전처들이 이를 갈며 그가 잘못되기를 바라는 지저분한 이혼 경력이 있는 사람처럼 보인다.

18 알고 보니, 폴란드인은 프랑스어를 할 줄 모른다. 그러나 아쉬운 대로 영어는 한다. 그녀는 마운트 홀요크대학에서 2년간 있었기 때문에 영어를 유창하게 한다. 그래서 여러 나라의 말을 할 줄 아는 레진스키 부부는 불필요하다. 그럼에도 그녀의 어깨에 얹힌 호스트로서의 짐을 일부라도 덜어주는 것은 환영이다. 특히 에스터가 그렇다. 에스터는 늙고 등이 굽었을지 모르지만, 핀처럼 예리하다.

19 그들은 일상적으로 연주자들을 접대하는 레스토랑
으로 그를 데리고 간다. 실내장식에 암녹색 벨벳이
지나치게 많이 들어갔지만, 믿을 만한 밀라노 출신의 주방
장이 있는, 보피나라는 이름의 이탈리아 레스토랑이다.

그들이 자리에 앉자 에스터가 먼저 말을 한다. "마에
스트로께서는 고상한 음악과 함께 구름 속에 있다가 땅으
로 내려오시는 것이 힘드시겠어요."

폴란드인은 그가 구름 속에 있었다는 말에 긍정도 부
정도 하지 않고 고개를 기울인다. 가까이 있을 때는 나이
자국을 숨기는 것이 쉽지 않다. 눈 아래로 처진 살이 보이
고, 목의 피부는 늘어지고, 손등에는 검버섯이 있다.

마에스트로. 호칭 문제는 빠르게 짚고 넘어가는 것이
최선이다. 그녀가 말한다. "죄송하지만 당신을 어떻게 불
러드려야 할까요? 이제 아셨겠지만, 스페인에 사는 우리
들은 폴란드 이름을 발음하기 어려워한답니다. 그렇다고
우리가 저녁 내내 당신을 **마에스트로**라고 부를 수는 없잖
아요."

"제 이름은 비톨트입니다. 비톨트라고 부르셔도 돼요.

그렇게 하시지요."

"저는 베아트리스예요. 이 친구들은 에스터와 토마스이고요."

폴란드인은 세 명의 새로운 친구들, 즉 에스터, 토마스, 베아트리스를 향해 빈 잔을 든다.

에스터가 말한다. "비톨트, 당신을 유명한 스웨덴 배우와 혼동하는 사람은 저만이 아닐 것 같아요. 당신도 제가 누구를 의미하는지 아실 것 같네요."

희미한 미소가 폴란드인의 얼굴을 스친다. "막스 폰 시도* 말이군요. 나의 못된 형이죠. 제가 어디를 가든 따라다닌다니까요."

에스터 말이 맞다. 길쭉하고 우울한 얼굴, 옅은 푸른색 눈, 바른 몸가짐이 똑같다. 그러나 목소리는 실망스럽다. 못된 형이 가진 깊고 충만한 목소리가 아니다.

---

* 스웨덴 출신 배우(1929~2020). 1957년 스웨덴 거장 잉마르 베리만 감독의 〈제7의 봉인〉으로 이름을 알렸고, 〈정복자 펠레〉로 아카데미 남우주연상 후보에 올랐다. 〈왕좌의 게임〉으로 에미상을 받았다.

20 에스터가 말한다. "비톨트, 폴란드에 대해서 얘기
해줘요. 당신의 동포인 프레데리크 쇼팽이 어째서
조국 대신 프랑스에서 살았는지 얘기해주세요."

"만약 쇼팽이 더 오래 살았더라면 폴란드로 돌아갔을
겁니다." 폴란드인이 조심스럽지만 정확하게 시제를 사용
해 대답한다. "그는 떠날 때 젊은이였는데 죽을 때도 젊은
이였어요. 젊은 사람들은 자기 나라에서 행복하지 않지요.
모험을 찾아다니지요."

에스터가 말한다. "당신은 어떤가요? 당신도 그처럼
젊었을 때는 당신의 나라에서 불행했나요?"

폴란드인, 즉 비톨트는 그의 불행한 조국에서 사는 것
이 어떠한 것이었으며, 퇴폐적이지만 자극적인 서구로 도
망치고 싶어 했던 것에 대해 얘기할 기회지만, 그 기회를
잡지 않는다. "행복이 가장 중요한… 가장 중요한 감정은
아닙니다. 누구라도 행복할 수 있습니다." 그가 말한다.

**누구라도 행복할 수 있지만, 불행하기 위해서는 특별
한 사람이어야 합니다. 나처럼 특별한 사람이어야 합니다.**
그는 듣는 이들이 이렇게 해석해주기를 바라는 걸까? 그

녀가 입을 뗀다. "그렇다면 비톨트, 가장 중요한 감정은 무엇인가요? 행복이 중요하지 않다면 무엇이 중요하죠?"

테이블 주변에 침묵이 감돈다. 그녀는 에스터와 그녀의 남편이 빠르게 눈길을 교환하는 것을 본다. **그녀가 일을 어렵게 만들려고 하는 걸까? 그렇지 않아도 앞으로 어려운 시간이 많을 텐데, 그걸 더 어렵게 만들려고 하는 걸까?**

"저는 뮤지션입니다." 폴란드인이 말한다. "저한테는 음악이 가장 중요합니다."

그는 그녀의 질문에 답변하는 게 아니다. 오히려 피하고 있다. 그러나 상관없다. 그녀가 하고 싶은데 하지 않는 질문은 이것이다. **비톨트 부인은 어떤가요? 그녀는 남편이 행복이 중요하지 않다고 말하면 어떤 기분일까요? 아니면 부인이 없나요? 부인은 다른 사람의 품에서 행복을 찾으려고 오래전에 달아났나요?**

21 그는 자기 부인에 대해서 얘기하지는 않지만, 음악을 배우고 있다는 딸에 대해서는 얘기한다. 밴드

에서 노래하려고 독일로 갔는데 돌아오지 않았다고 한다. "한번은 들으러 갔었죠. 뒤셀도르프로요. 좋더군요. 그 애는 좋은 목소리를 갖고 있어요. 좋은 목소리와 좋은 절제력이 있지만 그리 좋은 음악은 아니었어요."

에스터가 말한다. "그래요, 젊은이들… 그들은 우리 속을 썩이죠. 그래도 당신은 좋으시겠어요. 가족에게 음악이 이어져서요. 그런데 당신네 나라는 요즘 어떻게 돼가나요? 제가 기억하기론 훌륭한 교황이 그 나라 출신이죠? 요한 바오로."

폴란드인은 요한 바오로가 좋은 교황이었다는 주제 속으로 끌려 들어가는 것을 머뭇거리는 것 같다. 그녀, 즉 베아트리스는 요한 바오로를 좋은 교황이라고 생각하지 않는다. 좋은 사람이라고도 생각하지 않는다. 그녀는 처음부터 그를 음모가이자 정치인이라고 생각했다.

22 그들은 지난달에 왔던 젊은 일본인 바이올리니스트에 대해 얘기한다. 토마스가 말한다. "놀라운 테크닉이었어요. 일본에서는 음악 교육을 아주 일찍부터 시

작한다네요. 두 살이나 세 살 아이가 바이올린을 들고 어디나 간대요. 화장실까지도요! 그것이 다른 팔, 제3의 팔처럼 몸의 일부인 거죠. 마에스트로, 당신은 몇 살 때 시작했나요?"

폴란드인이 대답한다. "제 어머니는 가수였습니다. 그래서 집에서 늘 음악을 들었죠. 어머니가 저의 첫 스승이었고요. 그런 다음 다른 선생이 있었고, 다음에는 크라쿠프의 학교에 들어갔고요."

"그렇다면 늘 피아니스트였네요. 어렸을 때부터."

폴란드인은 피아니스트라는 말을 무겁게 받아들인다. 마침내 그가 입을 연다. "저는 피아노를 치는 사람이었지요. 버스에서 티켓에 구멍을 뚫는 사람처럼 말이죠. 그는 사람이고 티켓에 구멍을 뚫지만, 그렇다고 그가 티켓맨은 아니잖아요."

그렇다면 폴란드에서는 버스 티켓에 구멍을 뚫는 사람이 아직도 있다는 말이다. 다른 방식으로 바뀌지 않았다는 말이다. 비톨트가 젊었을 때 그의 음악적 영웅처럼 파리로 달아나지 않은 것은 그래서였는지 모른다. 폴란드에는 버스퐈에 구멍을 뚫는 사람들이 있고 피아노를 치는 사람들이 있으니까. 처음으로 그녀는 그에게 마음이 끌린다. 그녀는 속으로 생각한다. **어쩌면 그의 엄숙한 겉모습 뒤에는 익살스러운 모습이 있을지도 모르겠어. 어쩌면.**

23 토마스가 말한다. "당신은 송아지 고기를 드셔봐야 해요. 이곳의 송아지 고기는 늘 맛있답니다."

폴란드인이 반대한다. "저녁에는 배가 크지 않답니다." 그는 페스토 소스가 들어간 뇨키가 따라나오는 샐러드를 주문한다.

배가 크다는 말은 폴란드식 관용구일까? 그의 배가 크지 않은 것은 확실하다. 그는 약간—그녀는 자주 사용할 필요가 없는 말을 생각해내려고 한다—**카다베리코**, 즉 수척하기까지 하다. 그런 사람은 의과대학에 시신을 기부해야 한다. 그들은 실습하면서 그렇게 큰 뼈에 고마워할 것이다.

쇼팽은 파리에 묻혔지만, 그녀의 기억이 옳다면 나중에는 어떤 애국 단체나 다른 단체가 그의 시신을 파내 그가 태어난 땅으로 옮겼다. 작은 몸이어서 무게도 전혀 나가지 않았다. 작은 뼈들. 그렇게 작은 사람이 누군가가 평생을 바칠 정도로 크고 위대하다는 것일까? 결국 몽상가이며 우아한 소리 직물을 짠 직공織工이지 않은가? 그녀 딴에는 진지한 질문이다.

물론 그녀는 쇼팽과 비교하면, 그를 신봉하는 비톨트와 비교해도, 진지한 사람은 아니다. 그녀는 그것을 알고 인정한다. 그러나 그녀가 거리로 나가서 가난한 사람들에게 먹을 것을 줄 수 있을 때, 피아노 건반에서 나는 소리나 활이 줄에 닿으며 나는 소리를 인내심을 갖고 들으며 시간을 보내는 것이 시간을 허비하는 것이 아니라 더 웅장하고 더 풍요로운 계획의 일부인지를 그녀도 알 권리가 있다. 그녀는 폴란드인에게 말하고 싶다. **말해보세요! 당신의 예술을 변명해보시라고요!**

24. 물론 그 남자는 그녀가 속으로 무슨 생각을 하는지 전혀 알지 못한다. 그에게 그녀는 연주자로서의 경력을 위해 견뎌야 하는 짐의 일부다. 원하는 것을 얻을 때

까지 그를 놓아주지 않는 끈덕진 부유층 여자 중 하나랄까. 지금 이 순간, 그는 정확하지만 느릿느릿한 영어로, 그녀와 같은 여자가 듣기 좋아하는 이야기를 하고 있다. 페룰라*를 들고 있다가 그가 실수할 때마다 팔목을 때리던 첫 피아노 선생님 얘기다.

25 에스터가 말한다. "당신이 갔던 도시들에 대해 얘기해주세요. 어느 도시가 가장 좋았나요? 바르셀로나 말고 어디에서 가장 따뜻한 환영을 받았나요?"

폴란드인이 어느 도시를 가장 좋아하는지 답변하기도 전에 베아트리스가 끼어든다. "비톨트, 우리에게 그 얘기를 하기 전에 잠시 쇼팽으로 돌아갈 수 있을까요? 당신 생각에는 쇼팽이 인기가 있는 이유가 뭔가요? 그가 왜 그렇게 중요한가요?"

폴란드인이 그녀를 서늘하게 쳐다본다. "그가 왜 중요하냐고요? 우리에게 우리 자신에 관해서 얘기해주기 때문

• ferula. 스페인어로 매.

이죠. 우리의 욕망에 관해서요. 그것이 때로는 우리에게 분명하지 않거든요. 제 생각에는 그래요. 그것은 때로 우리가 가질 수 없는 욕망이죠. 우리를 넘어선 것이랄까요."

"무슨 말인지 모르겠네요."

"당신이 이해하지 못하는 것은 제가 영어로 제대로 설명을 못 하기 때문이에요. 다른 언어로도 마찬가지죠. 폴란드어로도 마찬가지고요. 그것을 이해하려면 당신은 침묵하고 들어야 해요. 음악이 말을 하게 하세요. 그러면 이해하실 겁니다."

그녀는 만족하지 않는다. 솔직히 말하면, 그녀는 오늘 저녁 열심히 들었다. 그러나 자신이 들은 것을 좋아하지 않았다. 만약 레빈스키 부부가 거기에 있지 않고 그 남자와 단둘이 있다면, 그녀는 그를 더 몰아쳤을 것이다. **비톨트, 나한테 얘기하는 데 실패하는 것은 쇼팽이 아니라 당신의 쇼팽이에요. 당신을 도구로 사용하는 쇼팽이라고요.** 그녀는 이렇게 말하고 싶다. 그리고 이렇게 덧붙이고 싶다. **클라우디오 아라우**를 아세요? 저한테는 아라우가 더 좋은 해석자이자 더 좋은 도구예요. 아라우를 통해서 쇼팽은**

내 가슴에 얘기해요. 그러나 물론 아라우는 폴란드인이 아니죠. 그래서 어쩌면 그가 이해하지 못하는 뭔가가 있을지도 모르죠. 외국인들은 결코 이해하지 못할 쇼팽에 관한 신비로운 면들이 있을지 모르죠.

26 저녁이 끝났다. 보피니 레스토랑 밖의 인도에서 레진스키 부부는 작별인사를 한다("만나서 영광이었습니다, 마에스트로!"). 폴란드인을 호텔로 데려다주는 일이 그녀에게 남았다.

얘기는 충분히 한 터라 그들은 말없이 택시에 나란히 앉아 있다. **너무 힘든 하루였어!** 그녀는 생각한다. 빨리 자고 싶다.

그녀는 그의 냄새를 강하게 의식한다. 남자의 땀과 오드콜로뉴 냄새. 물론 조명이 있는 무대는 늘 뜨겁다. 그리고 건반을 연거푸, 제대로 된 순서로 두드리는 노력, 육체적인

• '칠레의 모차르트'로 불리는 피아니스트(1903~1991). 프란츠 리스트 등 독일 낭만주의의 마지막 계승자로 알려짐.

노력! 그래서 냄새는 봐줄 수 있을지 모른다. 그래도….

그들은 호텔에 도착한다. "안녕히 가세요, 너그러우신 부인." 폴란드인이 말한다. 그는 그녀의 손을 잡고 힘을 준다. "고맙습니다. 심오한 질문을 해주신 것도 감사하고요. 잊지 않겠습니다." 그러고는 그는 가버린다.

그녀는 자신의 손을 확인한다. 엄청나게 큰 손에 잠시 잡혀 있었더니 평소보다 작아 보인다. 그러나 다치지는 않았다.

27 그가 떠나고 일주일이 지났을 때 콘서트홀에 소포가 도착한다. 독일 우표가 붙어 있고 그녀가 수신인으로 되어 있다. 그가 녹음한 쇼팽의 야상곡 CD와 영어로 된 메모가 들어 있다. "바르셀로나에서 나를 돌봐준 천사에게. 음악이 그녀에게 말을 하기를 바라며. 비톨트."

28 그녀는 이 남자, 즉 비톨트를 좋아하나? 모든 것을 고려하면 그럴지 모른다. 그녀는 그를 다시 보지 못한다는 사실이 유감이다. 약간 유감이다. 그녀는 그

가 서고 앉는 바른 자세를 좋아한다. 그녀는 그의 관심을 좋아하고, 그녀가 얘기할 때 진지하게 듣는 그의 자세를 좋아한다. **심오한 질문을 하는 여자.** 그녀는 그가 그것을 알아줘서 기쁘다. 그리고 그녀는 정확한 문법과 잘못된 관용어구를 사용하는 그의 영어가 재미있다. 그에 관해 싫은 점은 무엇일까? 많다. 특히 그의 의치가 그렇다. 너무 반짝이고 너무 하얗고 너무 티가 난다.

2장

1 　　그녀는 그날 밤 잠을 잘 잔다. 그리고 아침이 되자 일상적인 일로 되돌아간다. 그녀는 시간을 내어 폴란드인의 CD를 들어보겠다고 다짐하지만 잊어버린다.

　　몇 달 후에 이메일이 온다. 그는 어디에서 그녀의 이메일 주소를 알아냈을까? "존경하는 부인에게, 저는 헤로나*에 있는 펠리페 페드렐 음악원에서 마스터 클래스를 열고 있습니다. 당신의 환대를 잊지 않고 있습니다. 제가 당신을 환대할 기회가 있을까요? 헤로나에 오실 일이 있

---

* 바르셀로나에서 85km 정도 떨어져 있는 아름다운 중세 도시.

으면 기꺼이 당신을 모시겠습니다. 언제든 기차역으로 마중 나가겠습니다." **어려운 이름을 가진 당신의 친구 비톨트.** 이렇게 서명이 되어 있다.

그녀가 답장한다. "비톨트, 바로셀로나에 있는 당신 친구들은 즐거운 마음으로 당신을 기억하고 있습니다. 친절한 초대에 감사드립니다. 안타깝지만 저는 현재 너무 바빠서 헤로나에 갈 수 없답니다. 당신의 클래스가 성공하길 빕니다. 베아트리스."

그녀는 수소문을 해본다. 어려운 이름을 가진 남자가 말하는 것은 사실이다. 실제로 그는 헤로나에서 피아노 클래스를 열고 있다. 많은 곳들 중에서 왜 하필이면 헤로나일까? 그에게 돈이 필요하지 않은 것은 분명하다.

그가 카탈로니아*에 다시 왔다는 것이 생각하면 할수록 이상해 보인다.

그녀는 두 번째 이메일을 쓴다. "비톨트, 당신은 왜 여

---

* 스페인 북동부 지방자치주. 스페인어로는 카탈루냐. 바르셀로나, 헤로나, 레리다, 타라고나의 4개 주로 구성돼 있다.

기에 와 있는 건가요? 부디 솔직하게 말해주세요. 저는 괜한 거짓말을 들을 시간이 없어요. 베아트리스."

그녀는 **저는 괜한 거짓말을 들을 시간이 없어요**라는 말을 지우고 메시지를 보낸다. 그녀는 거짓말만이 아니라 에둘러 말하는 것과 말장난과 애매한 말을 들을 시간도 없다.

답장이 바로 온다. "나는 당신 때문에 여기에 있습니다. 나는 당신을 잊지 않고 있습니다."

2   그녀는 **당신 때문에**˙라는 말을 생각하며 하루를 보낸다. 그 말이 영어로 무슨 의미이든, 그 말이 영어 뒤에 있을 폴란드어로 무슨 의미이든, 실제로는 무엇을 의미할까? 빵 때문에 빵집을 가듯, 그녀 때문에 여기에 왔다는 말일까? 그리고 **여기**는 도대체 무슨 뜻일까? 그의 여기는 헤로나이고 그녀의 여기는 바르셀로나라면, 그것이 그에게 뭐가 좋을까? 혹은 사람이 신神 때문에 교회에 있는

• for you

49

것처럼 그는 그녀를 위해 여기에 있는 것일까?

3 그녀는 젊었을 때는 아무 의심 없이 충동을 따랐다. 그녀는 자신의 마음을 신뢰했다. 그녀의 심장이 예, 아니요라고 말했다. 그러나 (다행스럽게도) 그녀는 더 이상 젊지 않다. 그녀는 더 현명하고 신중하다. 그녀는 모든 것을 있는 그대로 본다.

폴란드인에게서 그녀는 무엇을 볼까? 그녀는 경력의 끝자락에 있는 남자를 본다. 필요나 상황에 따라 전에는 거들떠보지 않던 일(펠리페 페드렐 음악원은 그다지 수준 높은 기관은 아니다)을 떠맡은 남자, 외국의 도시에서 고독하고 외로움을 느끼고 언젠가 한 번 만난 적이 있는 여자의 마음을 사려고 하는 남자. 만약 그녀가 반응을 보이면, 그것이 그녀에 대해 말해주는 것은 무엇일까? 더 중요하게는, 그녀가 반응을 보이기를 남자가 기대한다는 것이 그녀에 관해 말해주는 것은 무엇일까?

4 그녀는 남편 외의 남자들과 깊은 관계에 있었던 적이 없다. 그러나 수년간 그녀는 여자 친구들의 고백과 속이야기를 많이 들었다. 또한 냉정한 눈으로 같은 계층의 남자들이 어떻게 행동하는지 지켜보았다. 그녀는 그들을 살피면서 남자들과 그들의 욕구를 별로 존중하지 않게 되었고, 남자들의 열정이 일으키는 물결이 자기한테 튀는 것을 원치 않게 되었다.

그녀는 여행을 그다지 좋아하지 않는다. 그녀의 남편은 그녀가 호기심이 없다고 생각한다. 그가 틀렸다. 그녀는 호기심이 많다. 아주 많다. 그러나 더 넓은 세계에 대해서도 아니고, 섹스에 대해서도 아니다. 그렇다면 그녀는 어떤 것에 호기심이 많을까? 자신에 관해서다. 모든 것에도 불구하고, 그날 자신이 헤로나로 차를 몰고 갈 걸 생각하니 흥분되고 미소가 나오는 이유에 관해서다.

5 그녀는 어렵지 않게 음악원을 찾아간다. 도시의 옛 지역에 있는 특징 없는 건물이다. 복도는 텅 비어 있다(이른 오후 시간이다). 익숙한 소리가 들려 그녀는 제1

공연장이라고 표시된 문을 열고 작은 강당 뒤로 들어간다. 폴란드인과 젊은 남자가 무대 위의 피아노 앞에 앉아 있다. 그녀는 조용히 자리에 앉는다. 삼십여 명쯤 되는 학생들은 그녀에게 관심이 없다.

그들은 라흐마니노프의 피아노 협주곡 2번의 느린 악장*을 실습하고 있다. 젊은 남자가 길고 호소하는 듯한 서두의 멜로디를 친다. 폴란드인이 그의 팔에 손을 대고 그를 멈추게 한다. "라—라—라—라—라—라—라—라아." 그는 마지막 라를 길게 늘이며 노래를 한다. "노 데마시아도 레가토."▪

젊은 사람이 레가토를 약하게 해 멜로디를 다시 친다.

목이 열린 셔츠에 바지를 입은 폴란드인은 그녀가 기억하는 것보다 편안해 보인다. 그녀는 생각한다. **좋아! 몇 개의 스페인어를 익히셨네!** 하지만 음악을 가르치는 덴 많은 말이 필요하지 않다. 시, 노면 된다.◆

* 2악장 아다지오 소스테누토
▪ 음과 음 사이를 끊지 말고 원활하게 연주하라는 표시가 아니야.
◆ 시(Si)는 영어로 예스. 노(No)는 영어로 노.

그녀는 그가 노래를 부르는 것을 들은 적이 없다. 예기치 않게 깊은 목소리다. 검은 흐름, 액체 같은.

6 그 모습에서 그녀의 흥미를 끄는 것은 음악이 아니라 드라마다. 그들이 무대 위에 있고 청중이 있으니 선생과 학생은 부득이하게 배우가 되었다. 젊은 남자는 생각이 다를 경우(어쩌면 레가토를 더 넣어 연주하는 것이 그에게 어울릴 수도 있다) 어떻게 반응할까? 복종할까, 반발할까? 아니면 복종하는 척하고 속으로 반발하며, 폴란드인이 무대에서 사라지고 나면 옛 방식으로 돌아가겠다고 생각할까? 폴란드인은 어떨까? 그는 독재자의 역할을 하는 걸까, 아니면 자상한 조언자의 역할을 하는 걸까?

7 폴란드인은 몸을 기울이고 악장의 서두인 불협화음을 연주한다. 그는 클라리넷 같은 목소리로 노래한다. "라―라―라―라―라―라―라―라아." 그때 오른손이 건반을 친다. 그러자 그녀는 어떤 차이가 있는지를 듣는다. 덜한 레가토, 덜한 감정, 더한 긴장, 더한 높임.

젊은 남자가 따라서 친다. 이번에는 제대로 친다. 그
는 잘하고 있다. 빨리 배운다. 폴란드인이 고개를 끄덕인
다. "콘티누에."•

8 레슨이 끝나고 학생들이 흩어진다. 그녀는 뒤에 남
는다. 폴란드인이 그녀에게 접근한다. 그는 무슨 말
을 할까?

그는 그녀의 손을 잡는다. 그는 그녀에게 영어로 와
줘서 고맙다고 말한다. 그녀를 다시 보게 되어 좋다는 감
정 표시를 한다. 그는 그녀가 입고 있는 드레스가 멋지다
고 말한다. 그녀는 그의 찬사가 마음에 들지 않는다. 거기
에는 능숙하고 연습한 듯한 분위기가 있다. 그러나 어쩌면
그는 어떻게 해야 영어로 편안하게 들리는지 모를 수도 있
다. 어쩌면 그는 폴란드에서는 완벽하게 매력적인 신사일
지 모른다.

그녀는 이번에 조심스럽게 옷을 입고 왔다. 말하자면

• continúe. 계속하세요(continue)라는 의미.

진중하게 차려입었다.

"얘기 좀 할 수 있을까요?" 그녀가 말한다.

9 그들은 나무들이 늘어서 있는 강변길을 걷는다. 상쾌한 가을날이다. 나뭇잎들이 물들고 있다.

그녀가 말한다. "다시 묻겠어요. 당신은 왜 이곳에 온 거죠? 헤로나에 말이에요. 당신이 헤로나에 있을 이유가 없잖아요."

"우리 모두는 어딘가에 있어야 해요. 어디에 속하지 않을 수는 없으니까요. 그게 인간의 조건입니다. 하지만 그래서는 아니에요. 나는 당신 때문에 여기에 있습니다."

"그렇게 말씀하시는데 그게 무슨 뜻인가요? 저한테서 원하시는 게 뭔가요? 당신은 제게 피아노 클래스를 들으러 오라고 초대한 건 아니잖아요. 당신은 내가 당신과 자기를 원하나요? 그렇다면 단도직입적으로 말씀드리죠. 그럴 일은 없을 거예요."

그가 말한다. "화내지 마세요. 부탁입니다."

"화난 게 아니에요. 조급한 거예요. 나는 장난할 시간이 없어요. 당신은 나를 이곳에 초대했어요. 왜죠?"

그녀는 왜 그렇게 화가 났을까? 그가 주려고 하지 않는 어떤 것을 그에게서 원하는 것일까?

폴란드인이 말한다. "디어 레이디dear Lady*, 시인 단테 알리기에리* 아시죠? 베아트리체는 그에게 한마디도 하지 않았는데, 그는 그녀를 평생 사랑했어요."

디어 레이디!

"그렇다면 당신이 나를 평생 사랑할 계획이라는 말을 들으려고 내가 여기에 와 있다는 말인가요?"

"내 삶은 얼마 남지 않았습니다." 폴란드인이 말한다.

그녀는 이렇게 말하고 싶다. **가엾은 바보 같으니라고! 당신은 너무 늦게 왔어. 잔치는 끝났어.**

- 사랑스러운 숙녀여.
- 이탈리아 시인이자 정치가(1265~1321). 주요 작품으로 『신곡』, 『향연』, 『새로운 인생』 등이 있다. 1274년 열 살이었던 단테는 아홉 살인 베아트리체를 보고 첫눈에 반했으나 성년이 되어 부모님이 정한 젬마와 결혼했고, 베아트리체도 다른 사람과 결혼했다. 하지만 두 사람이 처음 만난 지 9년 만에 우연히 길에서 만나 베아트리체가 단테에게 인사를 건넸고, 그날부터 단테는 베아트리체를 향한 사랑의 시를 쓰기 시작했다. 7년 뒤 그녀가 갑작스럽게 죽자 그동안 쓴 시를 엮어 출간한 책이 『새로운 인생』이다.

그녀는 고개를 젓는다. "당신과 나는 서로에게 낯선 사람들이에요. 우리는 다른 세계, 다른 영역에 속해요. 당신은 단테와 베아트리체의 세계에 속하고, 나는 내가 일상적으로 진짜 세계라고 부르는 다른 세계에 속해요."

폴란드인이 말한다. "당신은 내게 평화를 줘요. 당신은 내게 평화의 상징이에요."

그녀, 즉 베아트리스가 평화의 상징이라니! 그녀는 그것보다 더 말도 안 되는 말을 들은 적이 없다.

10 그들은 걸음을 옮긴다. 강물이 부드럽게 흐르고, 산들바람이 불고, 그들 앞에 오솔길이 펼쳐져 있다. 우연이지만 중요하지 않은 게 아닌 사소한 것들. 조금씩 그녀의 기분이 가벼워진다.

그녀가 말한다. "학생을 가르칠 때 노래를 하시더군요. 당신이 노래를 부르는 걸 들은 적이 없었는데 좋은 목소리를 가지셨어요."

"어머니한테서 물려받은 거죠. 음악가가 된 것도 어머니 덕이죠."

마마보이네. 그는 보살펴주기를 바라는 걸까?

시간이 별로 없다. 그가 무슨 이유를 대며 애원하기 시작하든지, 아니면 그녀가 차에 타고 집으로 가든지, 그것으로 끝일 것이다. 그가 웅장한 아리아를 부를 시간이다. 그는 노래해야 한다. 그것이 그녀가 요구하는 것이다. 이탈리아어든, 스페인어든, 영어든 중요하지 않다. 폴란드어도 상관없다.

폴란드인이 말한다. "디어 레이디, 나는 시인이 아닙니다. 내가 말할 수 있는 것은 오직, 당신을 만났을 때부터 나의 머릿속은 당신으로, 당신 모습으로 가득 차 있다는 거요. 나는 한 도시에서 다른 도시와 또 다른 도시로 돌아다니죠. 그게 내 직업이에요. 그러나 늘 당신은 나와 함께 있어요. 당신은 나를 보호해줘요. 내 안에 평화가 깃들었어요. 나는 이렇게 속으로 생각하죠. 그녀를 찾아야 한다, 그녀는 나의 운명이다. 그래서 내가 여기에 있는 거요. 당신을 보니 너무 좋아요!"

그녀는 그에게 평화를 준다. 그녀는 그에게 기쁨을 준다. 아리아치고는 별로다. 또한 운명이 그에게 드러났는

데, 알고 보니 그녀가 그 운명이란다. 하지만 그녀는 어떠한가? 그녀에게도 운명이 있지 않을까? 그 운명은 어떤 것일까? 언제 그것이 드러날까?

11 그녀는 그가 자신 때문에, 그를 바르셀로나에 오게 만든 우연한 초대 때문에, 이제는 평화와 기쁨의 시간을 갖게 되었다고 말할 때, 그를 믿지 않을 이유가 없다. 옛날에 연인들이 자기가 사랑하는 사람의 모습이 담긴 로켓*을 목에 걸고 다닌 것처럼, 그는 그녀의 모습을 지니고 다닌다. 꽤 예쁘기도 하겠다. 그녀가 젊고, 그가 젊다면, 그녀는 우쭐할지도 모른다. 그러나 1943년에 태어난 아버지뻘 되는 남자가 그녀를 그렇게 평가해주는 것은 재미있지도 않고 반갑지도 않다. 오히려 불쾌하다.

그녀가 말한다. "비톨트, 내 말 들어봐요. 당신이 나를 거의 알지 못하니, 내가 누구인지 당신에게 말해줄게요. 결정적으로 나는 결혼한 여자예요. 자유로운 영혼이 아니

• 사진 등을 넣어 목걸이에 다는 작은 갑.

라 남편과 아이들과 집과 친구들과 온갖 의무들, 정서적 의무, 사회적 의무, 실제적 의무가 있는 여자라고요. 내 인생에는 뭐랄까요, 낭만적인 연애를 위한 공간이 없어요. 당신은 나의 모습을 지니고 다닌다고 나에게 말하고 있어요. 좋아요. 그러나 나는 당신의 모습을 지니고 다니지 않아요. 나는 그런 사람이 아니에요. 당신은 바르셀로나에 와서 피아노 연주회를 했어요. 우리는 그걸 즐겼어요. 그리고 같이 저녁 식사를 했어요. 그게 전부예요. 당신은 내 삶 속으로 들어왔다가 내 삶 밖으로 나갔어요. 테르미나도.* 우리, 그러니까 당신과 나한테는 미래가 없어요. 이렇게 말해서 미안하지만 이게 사실이에요. 이제 돌아서야 할 것 같아요. 늦어지고 있어요."

12 "내가 제안을 하나 할게요." 폴란드인이 말한다. 그들은 그녀의 차가 주차된 도로 건너편 카페에 앉아 있다.

---

* 그게 끝이에요.

"다음 달에 나는 미국에 가요. 미국 다음에는 브라질로 가고요. 세 개의 콘서트가 잡혀 있어요. 당신은 브라질에 대해 아나요? 모른다고요? 나랑 브라질에 같이 가면 어떨지."

"내가 브라질에 가기를 바라는 거예요?"

"그래요. 우리는 휴가를 보내게 될 거예요. 바다 좋아하세요? 바다 옆에서 휴가를 보낼 수도 있겠네요."

그녀는 바다를 좋아한다. 아주 많이 좋아한다. 그녀는 수영을 잘한다. 물속에서는 물개처럼 단단하다. 단단하고 민첩하다. 그러나 그게 문제가 아니다.

그녀가 말한다. "내 남편한테는 뭐라고 하죠? 거의 알지도 못하는 남자와 브라질에 간다고 할까요? 당신은 어떤가요? 당신 부인한테 뭐라고 할 건가요? 그러고 보니 나한테 얘기해주지 않았군요. 당신은 결혼했나요?"

그는 컵을 내려놓는다. 그의 손이 눈에 띄게 떨린다. 그녀가 그를 긴장하게 만든 걸까? 그는 거짓말을 하려는 걸까?

"아뇨, 결혼하지 않았어요. 한번 결혼한 적이 있지만

지금은 아니에요. 당신 남편에게 진실대로 얘기하세요. 진실은 늘 좋은 거니까요. 그는 바람둥이잖아요. 그도 자유로워지고 당신도 자유로워지고."

"당신은 나를 놀라게 만드네요. 당신은 내 남편에 대해 아무것도 모르잖아요. 내 남편은 '바람둥이'가 아니에요. 나도 바람둥이가 아니고요. 앞날을 위해 충고를 하나 하자면, 이런 식으로 남자가 여자를 유혹해 자기랑 같이 브라질에 가지고 하는 것은 안 돼요. 폴란드에서는 될지 모르지만 여기서는 안 돼요. 나는 이제 가야 돼요. 갈 길이 멀어요."

그녀가 일어선다. 폴란드인의 마지막 기회다. 그도 일어선다. 상당한 키다. 그는 그녀의 어깨를 잡는다. 옆 테이블에 앉아 있는 사람들이 쳐다본다. 집안싸움이라도 일어나는 걸까? 그녀는 그의 손아귀에서 빠져나온다. "진짜 가야 해요."

13 그녀는 말그라트 분기점 근처의 고속도로에서 교통사고 현장을 지나친다. 금속들이 엉켜 있고 경

찰차들과 구급차가 보인다. 소름이 돋는다. **저게 나였으면 어땠을까? 사람들이 뭐라고 할까?** "그녀는 헤로나에서 뭘 하고 있었던 거야?"

정말로 그녀는 헤로나에서 뭘 하고 있었을까? 이름의 철자도 제대로 쓸 수 없는 남자의 부름에 응하다니, 벌써 그것은 일탈처럼 보인다. 그의 부름에 응하긴 했어도 다행히 정신을 차렸다! **나와 함께 브라질에 갑시다.** 말도 안 되는 소리!

14 그녀는 남편에게 얘기한다. "당신은 기억할지 모르지만, 몇 달 전에 콘서트 서클에 폴란드 피아니스트가 온 적이 있었어. 그 사람이 지금 헤로나 음악원에서 클래스를 하고 있어. 그가 나를 거기에 초대했어."

"그래? 갈 거야?"

"오늘 오후 거기에 갔었어. 나한테 브라질에 같이 가자고 하더라고. 나와 사랑에 빠졌다고 하면서."

그녀는 왜 그에게 그런 얘기를 하는 걸까? 이야기 밑으로 선을 그을 수 있도록 하기 위해서다. 양심이 편해질 수 있도록 하기 위해서다.

"질투하는 거야?" 그녀가 말한다.

"당연히 질투하지. 나는 당신과 사랑에 빠지는 어떤 남자라도 질투할 거야."

그러나 그는 질투하지 않는다. 그녀는 그것을 알 수 있다. 오히려 그는 즐거워한다. 다른 남자가 오직 그에게만 속한 것, 그가 너무 쉽게 소유하는 것을 원하니 즐거운 거다.

"다시 만날 거야?" 그녀의 남편이 말한다.

"아니." 그녀가 말한다. 그러고는 덧붙인다. "이건 섹스의 문제가 아니야."

"당연히 섹스의 문제지. 그렇지 않다면 그가 당신을 브라질에 초대한 이유가 뭐라고 생각해? 옆에 앉아 피아노 악보를 넘기라고?"

15 폴란드인에게서 장문의 메일이 온다. 그녀는 내용을 대충 훑어본다. 평화가 핵심어인 것 같다. 그녀가 그에게 평화를 가져다준다는 거다. 평화의 반대는 뭐

지? 전쟁일까? 하루 종일 피아노 앞에 앉아 구름 속을 헤매는 사람이 전쟁에 대해 뭘 알까?

그녀는 문득 B자로 시작되는 말을 얼핏 본다. **브라질**. 그녀는 더 이상 읽지 않고 메일을 지운다.

16 그녀는 남편의 연애사에 관심이 없다. 일부러 그렇다. 대신, 그는 그들의 사회적 테두리에 있는 여자들과는 엮이지 않도록 조심한다. 그것이 그들이 도달한 협정*이고, 그것이 그들한테는 잘 맞다.

17 폴란드인에게서 또 다른 이메일이 온다. 오늘이 헤로나에서 보내는 마지막 날이란다. 그는 내일 베를린행 비행기를 타기 위해서 바르셀로나를 거쳐 공항으로 갈 예정이라고 한다. 점심을 같이할 수 있겠느냐는 거다. 그녀는 바로 응답한다. "미안해요. 시간이 없어요. 안전한

---

* modus vivendi: 의견, 사상이 아주 다른 사람, 조직, 국가들이 서로 다투지 않고 살아가기 위해 맺는 협정.

여행이 되기를 바랄게요. 베아트리스."

18 그녀는 그가 보내준 CD를 꺼내고, 콘서트 서클의 작은 도서관에 있는 발치키예비치의 CD들을 집으로 가져와, 고독 속에서 듣는다. 이유가 뭘까? 그 남자가 빈약한 영어로 표현할 수 없는 것을 음악을 통해서는 표현할 수 있을지 모른다고 생각하려고 하기 때문이다.

그녀는 야상곡*부터 시작한다. 쇼팽은 야상곡을 작곡할 때 세상을 향해 무슨 얘기를 하고 있었을까? 더 중요하게는 그 폴란드인은 녹음하던 날에 세상을 향해 무슨 얘기를 하고 있었을까? 가장 중요하게는 폴란드인은 녹음하던 날, 그녀의 존재에 대해 아직 짐작조차 할 수 없던 여자에게 자신에 대해 뭘 드러내고 있었을까?

전처럼 그녀는 실망한다. 뭐랄까, 스타일, 접근 방식,

• 야상곡(夜想曲, nocturne)은 밤의 정서를 표현한 연주곡이다. 쇼팽은 아일랜드 작곡가인 존 필드가 만든 음악 형태를 변형시켜 자신만의 독특한 야상곡으로 완성했다. 그의 21개 야상곡은 유려한 장식적 선율에 대한 그의 취향이 드러나 있고, 매력적이며, 정교하고, 풍부한 서정을 담고 있어 지금도 많은 사람들의 사랑을 받고 있다.

해석자의 성향에 오싹함이 느껴진다. 너무 메마르고 직선적이다! 하나하나의 곡을 들어 올려 조사하고 검토하고, 마지막 코드와 함께 접어서 묻어버린다.

어쩌면 폴란드인은 녹음할 때조차(CD를 확인해보니 2009년이라고 되어 있다) 이런 음악, 즉 더 정열적인 사람들에 속하는 음악을 하기에는 너무 늙었던 건지 모른다.

감촉의 문제와 무슨 관련이 있다. 그녀는 그들이 만난 날 저녁, 택시에서 그의 손이 닿던 감촉을 생각해본다. 그녀는 그가 헤로나에서 그녀를 반겼을 때 그녀의 볼에 닿던 입술의 감촉을 생각해본다. 마른 뼈가 닿는 것 같은 느낌. 살아 있는 해골이랄까. 오싹하다. 그녀에게도 해골이 있다. 그러나 그의 것과 다르게, 그녀의 것은 흐릿하고 만져지지 않는다. 그렇다면 너무 메마르고 열정이 너무 부족하다는 것이 그에 대한 그녀의 최종적인 평가일까? 그녀가 남자에게서 원하는 것은 열정일까? 열정이 내일이라도 불현듯 나타나 격렬한 진짜 열정임을 드러낸다면, 그녀의 삶에는 그것을 위한 자리가 있을까? 그럴 것 같지 않다.

19 그가 녹음한 모든 음악 중에서 그녀가 가장 좋아하는 것은 마주르카*다. 그는 거장의 시골 무도곡을 연주할 때 가장 활기가 있다. 이상하게도 그녀는 춤을 추는 그를 생각할 수 없다.

20 결국 잘못은 어쩌면 전적으로 폴란드인 때문이 아닐지 모른다. 두 폴란드인, 즉 오래전에 젊어서 죽은 폴란드인과 아직 살아 있는 늙은 폴란드인 때문이 아닐지 모른다. 그녀에게도 어쩌면 책임이 조금 있을지 모른다. 요즘 그녀가 좋아하는 음악은 부침이 심한 극적인 것 (포르테▪! 피아노◆! 포르테! 피아노!)도 아니고 명상적인 것도 아닌 가곡과 춤곡처럼 보인다. (말러▲처럼) 잃어버린 대

• 세 박자 형식의 폴란드 전통 무곡. 쇼팽은 단순한 세 도막 형식의 마주르카를 독창적으로 보완해 58곡을 썼다. 그의 마주르카 곡들에는 폴란드의 민요적 요소, 대담함, 친밀감, 인간의 미묘하고 다양한 기분, 힘과 활력, 심지어 유머까지도 잘 표현돼 있다.

▪ '세게(forte)'를 뜻하는 음악용어.

◆ '여리게(piano)'를 뜻하는 음악용어.

▲ 철학적이고 형이상학적 요소들을 잘 담아낸 말러의 〈교향곡 부활〉, 〈교향곡 5번〉, 〈대지의 노래〉 등은 현대에도 인기를 얻고 있는 곡들이다.

상을 찾아 시간을 보내는 음악은 그녀를 따분하게 만든다. 결국 바로 그 점 때문에 폴란드인은 그녀의 흥미를 끌지 못한다. 그는 자신의 잃어버린 대상을 찾아 세상을 헤매다가 그녀, 즉 베아트리스를 만나 그녀에게 집착하게 되었다. **당신은 나에게 평화를 줍니다.** 이 무슨 말도 안 되는 소리인가! **비톨트 씨, 나는 당신의 삶의 수수께끼에 대한 답이 아니에요, 당신의 수수께끼도 다른 사람의 수수께끼도 아니라고요!** 그녀는 바로 이렇게 그에게 얘기했어야 한다. **나는 그냥 나예요!**

21 그녀와 남편이 같은 침대를 쓰지 않은 지가 몇 년이 되었다. 그렇게 하는 것이 그들 두 사람에게 맞다. 그녀는 뜨거운 물로 목욕하고 일찍 잠자리에 드는 걸 좋아하고, 그는 늦게까지 깨어 있는 것을 좋아한다. 그녀는 혼자서 더 잘 잔다. 어쩌면 그도 그럴지 모른다. 그녀는 여덟 시간씩, 때로는 아홉 시간씩 잔다. 그녀는 깊이 건강하게 잔다.

그녀와 남편은 더 이상 친밀하지 않다. 그녀는 섹스

없이 사는 것에 익숙하다. 그녀는 그것이 필요하지 않은 것 같다. 아직 갱년기는 되지 않았지만 곧 그럴 것 같다. 그렇게 되면 더 이상 아이를 낳지 못할 것이다. 결합을 향한 육체의 희미한 아우성은 사라질 것이다.

22 그녀의 친구들은 연애를 하지만 그녀는 그렇지 않다. 그녀의 친구 마가리타는 유명 인사이자 기혼자인 저명한 인류학 교수와 연애 중이다. 그들은 호텔이나 친절한 동료의 아파트에서 만난다.

23 그녀는 아르헨티나에 가본 적은 있어도 브라질에 가본 적은 없다. 브라질에 가보는 것도 괜찮을 것 같다. 흥미로운 나라 같다. 작물학 회사에서 화학자로 일하는 그녀의 큰아들이 그녀를 따라 그곳에 가는 것도 괜찮을지 모른다. 그는 브라질 농업에 대해 조사를 할 수 있을지 모른다.

24 그녀는 폴란드 피아니스트를 따라 브라질에 갈 생각이 전혀 없다. 그래도 만약 가게 된다면, 그는 주최 측, 즉 그녀의 콘서트 서클에 해당하는 브라질 주최 측에 그녀를 뭐라고 소개할까? "이분은 제 연주 여행을 따라온 바르셀로나에 사는 오랜 친구 베아트리스입니다." 혹은 "이분은 내 기분을 진정시키고 평화롭게 하려고 데려온 베아트리스입니다." 혹은 "이분은 내가 아는 게 별로 없지만 왜 내가 존재하는지에 대한 수수께끼의 답일 수 있는 베아트리스라는 여자입니다."

25 사랑에 빠진 늙은 남자. 어리석음. 그리고 자신에 대한 위험.

26 헤로나의 카페에서 그녀의 어깨를 붙잡고 그의 얼굴, 그의 차가운 푸른 눈을 그녀에게 들이밀었을 때 그에게는 기회가 있었다. 그녀에게 자신의 흔적을 남기고 그녀의 저항을 제압할 순간이었다. 그러나 그는 망설이다가 그녀를 놓쳤다.

27 그녀는 포르투갈어의 딱딱하고 조이는 듯한 소리가 싫다. 그러나 어쩌면 브라질에서 말해지는 포르투갈어는 다를지 모른다.

28 엄청나게 크고 앙상한 몸과 침대를 같이 쓰는 것을 상상하자 그녀는 혐오감에 몸이 떨린다. 그녀의 몸에 닿을 차가운 손.

29 왜 그녀일까? 그들이 보피니에서 저녁 식사를 했을 때 무슨 일이 있었기에 그가 **이것이 내 운명이다! 이것이 내가 마지막 사랑을 쏟아야 하는 여자다**라고 생각하게 됐을까? 마가리타가 그날 아프지 않고 일행 속에 있었다면, 그는 마가리타와 사랑에 빠졌을까? 그리고 마가리타가 지금쯤 그를 위로해달라고 브라질로 초대받아 침대를 같이 쓰게 될 사람이었을까?

평화. 그는 자신이 원하는 것은 그것이라고 말한다. 폭풍우에 휘말린 항해자가 육지가 나오기를 바라듯, 그는 평화를 바란다. 그런데 그는 마가리타가 평화의 천사가 아니라는 것을 곧 알게 될 것이다. 마가리타는 그를 데리고 나가 유행에 더 맞는 새 옷을 사서 입히고, 에스테티시스타*한테 데려가 눈썹을 다듬게 하고, 언론 인터뷰에 응할 수 있도록 할 것이다. 섹스로 말하자면, 그는 그 나이에 마가리타가 원하는 기준에 맞는 것을 할 수 있을까?

솔직히 말하면, 그것이 그가 그녀, 즉 베아트리스에 꽂힌 이유일지 모른다. 그와 같은 일을 하다 보면 마가리타처럼 활동적이고 뛰어나고 소유욕이 많은 여자들을 무수히 만나기 때문이다. 그날 저녁 보피니에서 그녀, 즉 베아트리스는 너무 귀찮게 하지 않으면서 그의 필요에 귀를 기울여주는, 야단스럽지 않고 겸손하지만 남 앞에 내놓을 만한 여자의 완벽한 본보기로 보였기 때문이다. 만약 그렇다면 얼마나 큰 모욕인가!

30 그녀는 그에게 영어로 편지를 쓴다. "비톨트에게, 베를린에서의 콘서트는 잘되었으리라고 믿어요.

• 미용사(스페인어)

지난번에 우리가 했던 얘기를 곰곰 생각해보다가, 대체 당신이 어떻게 내가 평화의 화신이라는 결론에 이르게 됐는지 궁금해졌어요. 나는 평화나 다른 어떤 것의 화신도 아니에요. 솔직히 당신은 내가 누구이며 어떤 사람인지 아무것도 몰라요. 당신의 길이 아주 우연히 나의 길과 겹쳤을 뿐이에요. 그 뒤에 무슨 설계 같은 것이 있었던 것도 아니에요. 당신은 그렇게 생각하는 것 같은데, 나는 당신을 위한 운명이 아니에요. 다른 누구를 위한 '운명'도 아니고요. 그 말이 무슨 의미든, 우리 중 누구도 어떤 '운명'이 아니에요. 베아트리스 올림."

31 남자와 여자, 두 극 사이에서는 전기가 튀든지 안 튀든지 한다. 태초부터 그러했다. 그냥 남자, 여자가 아니라, 남자 **그리고** 여자. **그리고** 없이는 결합이 없다. 그녀와 폴란드인 사이에는 **그리고**가 없다.

다음 달 콘서트 서클 내방자는 카운터테너 토마스 커치웨이로 헨델˙, 페르골레시▪, 필립 글래스◆, 그리고 그녀가 전에 들어본 적이 없는 마르티노프▲라는 작곡가의 곡들을 부르게 될 것이다. 토마스 커치웨이는 진짜인 척하는 가짜 극false Pole을 무색하게 할 그녀의 진극true pole일지 모른다.✚

32 그녀는 편지를 다시 읽어보고 너무 화난 것처럼 느껴져 지워버린다. 왜 화난 것처럼 느껴지지? 그것을 썼을 때 화가 난 상태는 아니었는데.

● 독일 음악가(1685~1759). J. S. 바흐와 같은 해 태어나 중요한 음악 활동 대부분을 영국에서 했다. 주요 작품으로 〈쳄발로 모음곡〉, 〈오라토리오 메시아〉, 〈왕궁의 불꽃놀이〉 등이 있다.
■ 이탈리아 음악가(1710~1736). 주요 작품으로 〈사랑하는 오빠〉, 〈마님이 된 하녀〉 등이 있다.
◆ 미국 작곡가(1937~). 주요 작품으로 〈해변의 아인슈타인〉, 〈사티아그라하〉, 〈항해〉 등이 있다.
▲ 러시아 현대 작곡가(1946~). 주요 작품으로 〈레퀴엠〉, 〈오보에와 플룻을 위한 콘체르토〉, 〈유토피아〉 등이 있다.
✚ 작가는 진북(眞北, True North Pole)을 은유적으로 사용하고 있다. 진북은 자기장이 가리키는 자북(magnetic north)과 달리, 지도 투영법에서 자오선을 따라 북쪽으로 가는 방향으로 '진(짜) 북극'(眞北極)이라 불린다. 자기장이 가리키는 것은 '가짜 북극'(false north pole)인 셈이다. 작가는 여기에 폴란드인(Pole)이라는 의미를 겹쳐놓고 있다.

33 그의 우상인 쇼팽은 자신을 돌보는 여자에게 의존했던 병약한 남자였다. 어쩌면 바로 그것이 폴란드인이 진짜로 원하는 것일지 모른다. 쇠잔해가는 말년에 그를 돌봐줄 간호사 말이다.

34 그녀의 남편이 말한다. "지난번에 당신이 얘기했던, 이름이 길었던 그 피아니스트에 대해서는 어떻게 하기로 한 거야?"

"뭘 어떻게 해?"

"같이 브라질에 가기로 한 거냐고?"

"당연히 안 가지. 당신은 왜 내가 그럴 거라고 생각했지?"

"당신이 같이 안 갈 거라는 것을 그가 알고 있나?"

"당연히 알지. 내가 분명히 했으니까."

"그가 당신에게 전화를 하는 거야? 당신에게 편지를 쓰는 거야? 당신과는 편지 왕래를 하는 사이야?"

"편지 왕래라고? 아니, 그렇지 않아. 그리고 나는 더 이상의 질문에 대답하지 않을 거야. 우리 두 사람이 교양 있는 부부로서 이런 대화를 한다는 게 이상하다고 생각하지 않아?"

35 이제 풀어야 할 두 가지 어려운 문제가 있다. 그녀의 생각이 자꾸 폴란드인에게로 돌아가는 이유와 그녀의 남편이 적대적인 이유다.

두 번째 것은 대답하기 더 쉽다. 그녀의 남편이 뭔가 낌새를 채고 반응하고 있다. 그것은 심리학의 문제일 뿐이다.

첫 번째 것은 심리학의 문제가 아니다. 그것은 부재하는 것들의 문제다. 부재하는 것들을 위한 학문ology은 아직 없다. 미스테롤로지Mysterology•? 미스테릭스Mysterics■?

36 브라질에 관한 두 개의 이미지가 마음의 눈에 떠오른다. 두 개의 상투적 이미지다. 눈부시게 하얀 해

• 작가가 알 수 없는 신비의 의미인 'mystery'와 학문을 뜻하는 '‒ology'를 합성해 만든 존재하지 않는 조어.
■ mystery와 '…학'을 뜻하는 '‒ics'를 합성해 만든 존재하지 않는 조어.

변에 빈둥거리고 있는 갈색의 몸들. 그리고 지붕이 새는 오두막 안에서 우는 아이를 데리고 가스스토브 위에서 땀 흘리며 뭔가를 요리하는 여자들. 물론 그것이 브라질의 전부는 아니다. 세 번째 브라질, 네 번째 브라질, 백 번째 브라질이 방문객을 기다린다.

37 브라질은 그녀의 결혼 생활에 위기가 아니다. 그녀의 결혼에는 위기가 없다. 그녀는 남편을 떠날 생각이 없다. 그녀의 남편은 그녀를 떠나면 바보일 것이다. 그녀는 폴란드인과 사랑에 빠진 것이 아니다. 잘해야 그를 안쓰럽게 생각하는 것뿐이다. 외롭고 늙고, 거리를 두고 쇼팽에 접근하는 방식에 점점 더 반응하지 않는 세계와의 접점을 잃어가는 그에 대한 안쓰러움. 또한 (그에게는 사랑이라고 할 수 있지만 그녀에게는 그렇지 않은) 그녀에게 꽂힌 것에 대한 안쓰러움.

38 그와 같이 브라질에 있는 것은 불가능하다. 그가 브라질 상류층을 위해 쇼팽을 연주하지 않을 때 그

들은 어떻게 시간을 보낼 것인가? 갈색 브라질인들 사이에서 기다란 하얀 해변을 걸을까? 브라질 밴드에 맞춰 춤을 출까?

그녀는 익숙한 것들을 좋아한다. 그녀는 편안한 것을 좋아한다. 그녀는 새로움을 위한 새로움을 싫어한다. 그녀의 남편이 그녀에게 호기심이 없다고 말하는 것도 놀랄 일은 아니다.

마르티노프의 경우만 해도 그렇다. 그녀는 마르티노프에 대해 들어본 적이 없다. 따라서 그의 음악을 싫어할 준비가 되어 있다. 이런 태도가 그녀를 좋게 보이게 하지는 않는다.

39 어째서 그녀는 자신이 어리석고 무관심하고 심지어 속물적으로 보이도록 자신을 책망하는 걸까? 대체 무슨 일이 생긴 걸까?

40 그녀는 꿈을 꾸지 않는다. 결코 꾸지 않는다. 그녀는 꿈을 꾸지 않으면서 길고 깊게 자고, 상큼하고

새로워져 아침에 깨어난다. 그녀의 평화로운 잠과 건강한 생활 습관 덕분에 그녀는 아마 백 살까지 살 것이다.

그녀는 꿈을 꾸는 대신 상상에 탐닉한다. 그녀는 폴란드인과 함께 브라질에서 일주일을 보내는 것이 어떠할지 너무나 잘 상상할 수 있다. 특히 그녀는 그들이 함께 자는 것이 어떠할지 상상할 수 있다. 그녀는 절정에 이르는 척해야 할 것이고, 그는 그녀를 믿는 척해야 할 것이다.

면제해줄게요. 그녀는 그들이 브라질 땅에 발을 딛기 전에 그에게 이렇게 말할 필요가 있을 것이다. **모든 성적 의무로부터 면제해줄게요. 당신은 당신 침대에서 자고 나는 내 침대에서 자기로 해요.**

41 그녀는 그가 일기를 쓰는지 궁금하다. 난봉꾼의 일기. 그가 무모하게 그녀에 대해 일기에 쓸까? 그가 '그녀의 가족을 배려하여 이름을 밝히지 않을' 바르셀로나의 어떤 여자와 브라질에서 보낸 일주일에 관하여 쓸까?

3장

1 쇼팽의 b단조 소나타* 오디오 파일이 첨부된 이메일이 도착한다. "당신만을 위해 이것을 녹음했어요. 영어로는 마음속에 있는 것을 표현할 수가 없어서요. 그래서 음악으로 말하려고요. 부디 들어주세요."

그녀는 그의 말대로 한다. 그녀는 매처럼 날카롭게 악절과 음조 변화와 아주 미세한 가속과 감속 등 개인적인 메시지라고 해석될 수 있는 것에 집중해 듣는다. 아무것도

---

* 쇼팽의 피아노 소나타 3번 b단조 작품번호 58. 쇼팽은 1844년 프랑스 노앙에 있는 조르주 상드의 영지에서 이 곡을 작곡했다. 4악장 구성의 열정과 생명력이 넘치는 작품으로 연주자의 뛰어난 기량이 요구되는 걸작이다.

생각할 수 없고 당황스럽다. 콘서트 서클 도서관에 있는 그의 도이치 그라모폰 녹음과 똑같이 들린다. 그가 메시지를 숨겨놓았다면, 그것은 그녀가 해독하는 방법을 모르는 암호 속에 있다.

2 시간이 흐른다. 다른 이메일이 도착한다. "10월에 마요르카*에서 열리는 쇼팽 페스티벌에 가요. 마요르카 다음에 당신네 콘서트 서클에서 나를 다시 초대해주면 어떨까 싶어요. 그랬으면 좋겠어요."

그녀가 답장한다. "비톨트, 녹음 파일을 보내준 것에 감사드려요. 쇼팽 페스티벌에서 연주하신다니 무척 기쁘네요. 그런데 콘서트 서클의 프로그램은 올해의 남은 기간 동안 이미 정해져 있어요. 베아트리스 올림."

하루가 지난 후 그녀는 다시 쓴다. "비톨트, 공교롭게도 내 남편의 가족이 소예르■시 인근에 집을 갖고 있어요.

- 스페인에서 가장 큰 섬이자 휴양지.
- 마요르카 북서쪽 소예르 항구에서 3km 떨어진 내륙 휴양지. 인구 1만 4,000여 명의 작은 도시다.

쇼팽 페스티벌이 열리게 될 발데모사[*]에서 멀지 않은 곳이에요. 남편과 나는 10월에 그곳에서 시간을 보내려고 해요. 일이 다 끝난 후에 우리와 합류하시겠어요? 집이 널찍해요. 당신만의 독자적인 공간을 갖게 될 거예요. 어떻게 생각하는지 알려주세요. 베아트리스 올림."

그가 답장한다. "고마워요. 고마워요. 그러나 나는 가족의 친구가 될 수는 없어요. 비톨트 올림." 그는 이렇게 덧붙인다. "**가족의 친구**는 유명한 폴란드 소설 제목입니다. 사람들은 그것을 폴란드의 **베르테르**[■]라고 부른답니다."

그녀는 **베르테르**에 대해 들어본 적이 있지만 **가족의 친구**에 대해서는 들어본 적이 없다. 여기에 암호화된 다른 메시지가 있는 걸까? 그녀에게 **가족의 친구**를 구해서 읽으라는 걸까? 터무니없는 사람!

• 쇼팽은 마요르카 시내에서 18km 떨어진 발데모사의 오두막에서 상드와 겨울을 지내며 많은 곡을 작곡했다.
■ 괴테의 소설 『젊은 베르테르의 슬픔』 주인공. 다른 남자와 혼인한 여성 샤를로테를 사랑하다 비극을 맞이한다.

3 그녀는 남편에게 말한다. "10월에 소예르에 갈 거지?"

"응, 당신이 좋다면, 그리고 집이 비어 있다면."

"집은 비어 있을 거야. 토마스와 에바에게도 아이 데리고 같이 가자고 할 생각이었어."

"좋아! 좋아! 그렇게 준비해줄 거야? 그런데 일주일 이상은 안 돼."

"준비해볼게. 그런데 나는 당신이 떠나고 좀 더 있게 될지도 몰라. 일주일은 너무 짧아서."

그녀는 보통 남을 속이지 않는다. 그녀는 솔직함을 좋아한다. 그녀는 테이블에 카드를 내려놓는 것을 좋아한다. 그러나 테이블에 카드를 내려놓는 것이 좋은 생각이 아닐 때가 있다.

4 그녀는 토마스, 즉 아들에게 얘기한다. "안 돼요." 그가 말한다. "일을 쉴 수는 없어요. 그리고 갓난아이를 데리고 여행하는 건 즐거운 일이 못 돼요."

5 그녀는 비행기표를 예약하고 소예르에 있는 가사도 우미에게 전화해서 묵을 수 있게 준비해달라고 한다.

그녀는 하나하나 챙기면서 계획을 세우는 걸 즐긴다. 만약 콘서트 서클이 원만하게 돌아간다면, 그것은 그녀의 부지런함과 세밀함 덕이다.

6 그녀는 발데모사에 가서 폴란드인이 연주하는 걸 듣고 싶은 생각이 없다. 오고 싶으면 자기가 오라지.
음모. 음모.

7 소예르 외곽에 있는 집은 조선업으로 재산을 모은 남편의 할아버지가 1940년대에 구입한 것이다. 구입 당시에는 그것이 아직 실질적인 농장의 중심이었다. 그러나 세월이 지나면서 그는 농장을 조금씩 팔아치웠고, 이제는 큰 집과 부속 건물만 남았다.

그녀의 남편이 어렸을 때 휴가를 보낸 곳은 바로 그곳이었다. 그는 아직도 그곳에 애착이 많다. 애착이 많아도 그곳에 가는 횟수가 점점 줄어든다. 그녀는 왜 그러는지 이해할 수 없다. 그녀도 오래된 집을 좋아하게 되었다. 엄숙해 보이는 석조물, 높은 천장, 침침한 통로, 풀럼바고와 부겐빌레아가 흐드러지게 피고 거대한 무화과나무가 중앙에 있는 서늘한 안뜰.

8 양심의 문제가 있다. 그녀는 폴란드인을 초대한 것 때문에 양심의 가책을 느끼게 될까? 그녀는 지난해 체육관에서 젊은 남자가 자기한테 집적거리도록 놔두고, 그 남자가 그녀를 달싹 못 하게 하고 키스하려고 했어도 (그녀는 입술을 허용하지 않고 목만 내줬다) 양심의 가책을 느끼지 않았다. 영토의 문제일까? 체육관은 중립적인 영토이고, 소예르에 있는 집은 남편의 영토이면서 2세대까지 거슬러 올라가는 그의 가족의 영토일까?

폴란드인은 인생의 황혼기인 칠십대다. 체육관의 남자는 원기 왕성한 남성의 삶이 앞에 펼쳐진 이십 대였다. 비교의 대상이 안 된다. 만약 그녀의 남편이 체육관의 남자를 질투한다면 용서할 수 있지만, 폴란드인을 질투한다면 용서할 수 없다. 폴란드인처럼 나이를 먹은 남자는 질투의 대상이 되어서는 안 된다. 그는 그럴 힘이 없다. 여하튼 그녀는 그와 잘 생각이 없다. 그가 소예르에 오면 일상적인 일들을 같이할 수는 있다. 그녀를 따라서 슈퍼마켓에 갈 수도 있고 식료품 나르는 걸 도울 수도 있다. 수영장 물에서 나뭇잎을 긁어낼 수도 있다. 여분의 방에 직립형 피아노가 있으니 그것을 고쳐 그녀를 위해 연주해줄 수도 있다. 일주일이 끝날 때쯤 그의 낭만적인 환상은 연기가 되어 사라질 것이다. 그는 그녀의 참모습을 보게 될 것이다. 그리고 더 슬프고 더 현명한 사람이 되어 자신의 조국으로 돌아갈 수 있다.

9 "나한테 브라질에 가자고 했던 폴란드 피아니스트 기억하지?" 그녀가 남편에게 말한다. "그가 우리와 똑같은 시간에 마요르카에 있을 거라네. 쇼팽 페스티벌에서 연주를 한다네. 내가 그를 점심 식사에 초대하는 것에 대해 당신은 어떻게 생각해?"

"당연히 괜찮지. 그런데 당신 혼자서 그를 만나고 싶

은 건 아니고?"

"아니야, 그가 앙 파미에* 나를 보아야 할 것 같아. 그
러면 땅으로 내려오겠지. 그는 나에 대해 다소 과도한 생
각을 하고 있어."

음모.

10 그녀는 이례적으로 구체적인 말로 폴란드인을 초
대한다. 그녀를 보고 싶으면 지정한 날짜에 와서
지정한 날짜에 떠나야 한다. 발데모사에서 203번 버스를
타고 소예르 버스 정류장에 와야 한다. 도착하는 시간을
미리 전화로 알려주면 태우러 가겠다. 그는 본관이 아니라
별채에 머물게 된다. 그가 직접 요리하고자 할 경우, 모든
것이 갖춰진 주방이 별채에 있다. 그는 그녀, 즉 베아트리
스, 즉 그의 호스티스와 함께 가정부가 차려준 식사를 같
이해도 된다. 시간은 알아서 마음대로 보내면 된다.

그것은 하숙인을 초대하는 것처럼 쓰고 그렇게 읽히려

---

* en famille. 가족과 같이 있는

는 의도다.

11 시간이 다가오자, 그녀와 남편은 소예르에 가서 조용히 한 주를 같이 보낸다. 날씨가 조금 차고 바람이 조금 불긴 해도 불평할 정도는 아니다. 길은 텅 비어 있다. 대부분의 여행객들은 떠나고 없다. 그들은 자동차로 바날부파르와 페구에라에 간다. 그녀는 오랫동안 활기차게 수영을 한다. 그들은 늘 좋아하던 포르날루츠의 레스토랑에서 식사를 한다.

12 그녀의 남편이 묻는다. "폴란드 음악가는 어떻게 된 거야? 점심 식사에 오는 걸로 알고 있었는데."

그녀가 대답한다. "날짜가 맞지 않았어. 다음 주까지는 한가하지 않은가 봐. 그런데 그때면 당신은 가고 없을 거고."

그녀의 남편이 말한다. "안됐네. 만나고 싶었는데."

그가 미소를 짓는다. 그녀가 미소를 짓는다. 그들은 전에 애매한 통로를 지난 적이 있었다. 그리고 이번에도 그러할 것이다.

13 그녀의 남편이 떠난다. 폴란드인이 도착한다. 그녀
는 그들이 소예르에 두고 있는 소형 스즈키로 그를
버스 정류장에서 태운다. 헤로나에서 만난 후로 일 년이
지났다. 그는 눈에 띄게 늙었다. 사실 노인이다.

물론 그가 늙은 것은 자연스러운 일이다. 왜 그가 시
간의 흐름을 거슬러야 하는가? 그래도 그녀는 실망한다.
아니, 실망스러움을 넘어 당황스럽다.

그녀는 발데모사의 청중들이 그를 어떻게 생각했을지
궁금하다. 그들은 그를 **과거의 유령**이라고 생각했을까?
그러나 어쩌면 그들 중 일부는 건반 앞에 앉은 그의 모습
에서 시간을 초월한 권위의 아우라를 보았을지 모른다.

14 그는 그녀의 양쪽 볼에 키스를 한다. "당신은 너무
젊고 아름답군요." 그의 입술은 건조하고 피부는
부드럽고 아기 같다. 노인의 피부.

15 그들은 말없이 차를 타고 집으로 향한다. 언덕길은 울퉁불퉁하지만 그녀는 운전을 잘한다. 그녀가 알고 있는 대부분의 남자들보다 잘한다. 섬에 있을 때면 그녀의 남편은 그녀에게 운전을 맡긴다. "든든해." 이렇게 말하면서.

16 그녀는 폴란드인에게 별채를 보여준다. "당신이 짐을 풀고 쉬도록 해드릴게요. 점심이 준비되면 로레토가 종을 칠 거예요."

"당신은 그레이셔스*하군요." 폴란드인이 말한다.

그레이셔스. 고풍스럽고 책에 나오는 것 같은 말이다. 아직도 거기에 그러한 의미가 있을까? 아베 마리아, 그라티아 플레나, 오라 프로 노비스.▪

- 태도와 어투의 우아함과 예의 바름과 매력을 지칭하는 고풍스러운 말 (gracious).
- ▪ '은총이 가득하신 마리아님, 우리를 위해 기도해주소서'라는 의미의 라틴어.

17 그는 점심 식사 시간을 알리는 종소리에 즉각 반응한다. 그는 옷을 갈아입고 있다. 샌들을 신고 크림색 바지와 하늘색 셔츠를 입고 있다. 그는 파나마모자를 들고 오후를 보낼 준비를 하고 있다.

그녀는 그를 로레토에게 소개한다. 노 하블라 에스파뇰. 그녀가 로레토에게 말한다. 스페인어를 못 해서. 로레토가 그를 향해 굳은 미소를 지으며 고개를 까닥인다. 세뇨르. •

로레토는 이 집과 멕시코인이 주인인 계곡 아래쪽의 다른 집을 관리한다. 그녀는 125cc짜리 모터가 달린 자전거를 타고 다닌다. 그녀의 남편은 다양한 일을 하는 정원사다. 그들에게는 아들과 딸이 있는데 둘 다 커서 결혼해 본토에서 산다.

로레토에 관해서는 아무것도 놀랄 게 없다. 말하자면, 로레토에 관해 그녀가 알고 있는 것 중에서 아무것도 놀랍지가 않다. 모터 달린 자전거조차도 그렇다. 그러나 물론

• 영어의 Mr.에 해당.

로레토에게도 그녀의 고용인들이 알지 못하는 자기만의 삶이 있다. 놀라움으로 가득할 수도 있다. 예를 들어 로레토에게도 폴란드인과 흡사한 남자가 있을 수 있다. 그녀, 즉 로레토가 아주 우아하고 쫓아다닐 가치가 있다고 여길 만한 남자. 서술되는 이야기가 로레토와 그녀의 남자에 관해서가 아니라 그녀, 즉 베아트리스와 그녀를 흠모하는 폴란드인에 관해서라는 것은 우연일 뿐이다. 주사위를 다시 던지면, 이야기는 로레토의 숨겨진 삶에 관한 것이 될 것이다.

18 "당신이 시장하면 좋겠어요. 로레토가 우리에게 옛날식 툼베트*를 만들었거든요. 이거 아세요? 발데모사에서도 이것을 주던가요? 카탈로니아에도 비슷한 요리가 있지만 우리는 삼파이나라고 부르죠."

그녀는 늘 손님들을 편하게 하는 데 능숙한 좋은 호스티스였다. 폴란드인이 떠날 때 즐거운 기억을 갖도록 그를

• 스페인 마요르카섬의 전통적인 채소 요리.

편하게 하고 편안하게 느끼게 만드는 것이 특히 중요하다.

"남편은 오지 않았나요?" 폴란드인이 말한다.

"왔는데 일이 있어서 갔어요. 아쉽다고 하더군요. 당신을 못 만나서."

"남편은 좋은 사람인가요?"

이상한 질문이다. "예, 내 생각에는 좋은 남자예요. 그런데 우리 시대에는 좋은 것이 어렵지는 않죠. 당신은 다르게 생각하나요?"

"나는 운 좋은 시대에 살지 않아요. 그러나 좋아지려고 노력하죠."

어떻게 식탁 한쪽에 앉아 있는 사람은 운 좋은 시대에 살고, 다른 쪽에 앉아 있는 사람은 그렇지 않다는 것인지 모르지만, 그녀는 그냥 넘어가기로 한다. "가수 딸 얘기 좀 해주세요. 내 기억으로는 딸이 독일에 산다고 했던 것 같은데 어떻게 지내나요?"

"보여줄게요." 그는 전화기를 꺼내 순백색 옷을 입은, 키가 크고 심각해 보이는 십 대 소녀의 사진을 보여준다. "옛날에 찍은 낡은 사진이지만 아직도 갖고 있어요. 이제는 다르죠. 그 애는 결혼해 베를린에서 살아요. 남편이랑 레스토랑을 하는데 아주 잘돼서 돈을 많이 벌어요. 노래 말인가요? 내 생각에 그것은 과거가 됐어요. 그러니 성공은 했지만 행복하지는 않은 거죠. 축복받은 것도 아니고요."

축복받은 게 아니라니. 때때로 그의 불완전한 영어 때문에 그의 말이 정확히 무슨 의미인지 알기가 어렵다. 그는 심오한 것을 얘기하는 것일까, 아니면 타자기 앞에 앉아 있는 원숭이처럼 틀린 말을 하는 걸까? 돈이 많은 사람들은 진짜로 행복하지 않을까? 그녀는 돈이 많지만 거의 행복하다. 폴란드인도 콘서트를 해서 번 돈이 많을 게 틀림없지만 불행해 보이지는 않는다. 우울할지는 모르지만 비참해 보이진 않는다. 어쩌면 그의 말은 베를린에 사는 딸이 만족스럽지 않을지 모른다는 의미다. 불만족이 드문 일은 아니다. 불만족: 자신이 뭘 원하는지 알지 못하는 것.

"딸과 자주 만나나요? 딸과는 잘 지내나요?"

폴란드인이 손바닥을 위로 향하고 손을 든다. 그녀가 이해할 수 없는 몸짓이다. 그녀가 사는 곳에서는 그것이 **용기를 내요, 계속해요!**라는 의미지만, 그가 사는 곳에서

는 아주 다른 의미일 수 있다. 예를 들어, **아무것도 할 게
없어요**라는 의미일 수 있다.

폴란드인이 말한다. "우리는 예의를 지키죠. 그 애는
나를 안 닮았어요. 엄마를 닮았죠."

예의를 지키다니civilized. 무슨 의미일까? **서로의 목을
향해 달려들지는 않는다? 서로의 얼굴에 대고 하품하지는
않는다? 볼에 키스를 하며 서로를 반긴다?** 어떤 경우든,
서로에게 예의를 지킨다는 것은 아버지와 딸의 관계에서
큰 성취처럼 보이지는 않는다.

그녀가 말한다. "다행히도 내 아이들과 나는 비슷하답
니다. 똑같은 기질이죠. 우리의 핏줄에는 똑같은 피가 흐
르고 있답니다."

"좋네요." 폴란드인이 말한다.

"그래요, 좋아요. 나는 큰아들한테 소예르로 같이 오
자고 했어요. 그는 진지한 사람이죠. 당신은 그가 마음에
들 거예요. 불행하게도 못 왔어요. 새 아이가 생겼거든요.
며느리한테는 여행이 스트레스인 모양이에요. 이해할 만
하죠."

"그렇다면 당신은 지금 할머니군요."

"맞아요. 다음 생일이면 쉰 살이 돼요. 당신은 그걸 알고 있었나요?"

"신사는 숙녀의 나이를 묻지 않습니다."

그는 정색하고 이 말을 한다. 그가 미소를 짓는 적이 있을까? 그는 유머 감각이 없는 걸까?

그녀가 말한다. "신사가 숙녀에게 묻지 않는 것은 신사가 숙녀에 대해 알고 싶어 하지 않는 것인 경우가 종종 있죠. 알게 되면 신사가 유쾌하지 않을 테니까요. 신사가 숙녀에 대해 갖고 있던 생각들을 뒤집어버릴 테니까요. 선입견 말이에요."

폴란드인이 아무 대꾸도 하지 않고 빵을 한 조각 떼어 내 소스에 찍는다. 부엌의 저쪽 구석에 있는 로레토는 냄비를 닦는 척하지만, 거동으로 보아 듣고 있는 것 같다. 어쩌면 그녀는 자신이 시인한 것보다 영어를 더 많이 아는지도 모른다.

그녀가 말한다. "식사 다 하셨어요? 충분히 드셨나요? 커피 드실래요?"

19 로레토는 거대한 창유리(이것은 남편의 작품이다)
를 통해 계곡과 아몬드 숲이 보이는 거실로 커피를
가져온다.

"비톨트, 당신은 양지바른 마요르카에 와서 속내를 알
기 어려운 숙녀 친구와 드디어 같이 있네요. 드디어 행복
하신가요?"

"디어리스트 레이디, 표현할 단어가 없네요. 영어로도
없고 다른 말로도 없어요. 그러나 감사한 마음뿐이에요.
당신이 보다시피 가슴에서 우러나오는 감사한 마음뿐이에
요." 그는 마치 흉곽을 밑에서 열어 안에 든 내용물을 들어
올리는 것처럼, 두 손으로 이상하고 어색한 동작을 한다.

"알겠어요. 나는 믿어요. 그러나 나는 아직도 당신의
원대한 의도를 모르겠어요. 당신의 의도와 계획 말이에요.
이제 여기 오셨으니 왜 오셨는지 말해주세요. 당신의 친구
에게서 당신이 원하는 건 뭔가요?"

"디어 레이디, 어쩌면 우리는 노멀한[•] 사람들처럼 될

• normal. 평범한

수 있고 노멀한 것들을 할 수 있지 않을까 싶네요. 안 되나요? 계획 없이 말이죠. 노멀한 남자와 노멀한 여자한테는 계획이 없잖아요."

"그래요? 정말 그렇게 생각해요? 내 경험에 따르면 그게 아니에요. 내 경험에 따르면 노멀한 남자들과 노멀한 여자들은 서로에게 맞는 계획을 갖고 있는 경우가 많죠. 그러나 우리에게 계획이 없는 척해보자고요. 그러니 당신에게 하나 물을게요. 당신이 폴란드에 돌아가 당신 친구들이 '마요르카섬에서 숙녀 친구와 같이 일주일을 보냈다면서! 어땠어?'라고 물으면 뭐라고 대답할래요? 노멀한 것을 벗어난 아무것도 없이 괜찮았다고 말할 건가요? 눈부신 햇살 말고는 폴란드에 있는 것과 똑같았다고 말할 건가요?"

폴란드인이 웃는다. 짧게 터져 나오는 웃음. 그녀는 그가 그렇게 웃는 것을 처음 본다. 그가 말한다. "당신은 늘 나를 궁지에 몰아넣는군요. 당신도 알다시피 나는 당신만큼 영어를 잘하지 못해요. **노멀**이라는 말이 맞지 않다면, 더 좋은 영어 단어가 있나요?"

"**노멀**은 좋은 말이에요. 잘못된 건 없어요."

"**오디너리.***" 그가 말한다. "**오디너리**라는 말이 더 좋을지 모르겠네요. 나는 당신과 같이 살고 싶어요. 그게 내가 진심으로 원하는 거예요. 죽을 때까지 당신과 같이 살고 싶어요. 오디너리한 방식으로요. 나란히 말이죠. 그렇게요." 그는 자신의 두 손을 꼭 잡는다. "오디너리한 삶을 나란히 사는 것, 그게 내가 원하는 것이오. 항상 말이죠. 다음 생이라는 게 있다면 다음 생에서도. 그러나 그럴 수 없다면 받아들여야죠. 만약 당신이 안 된다고 하고, 나머지 생애 동안은 안 되고, 이번 주만 된다고 해도 좋아요, 그것도 받아들여야죠. 그냥 하루라도 괜찮아요. 그냥 일 분이라도 괜찮아요. 일 분이면 충분해요. 시간이 뭔가요? 시간은 아무것도 아니에요. 우리에게는 기억이 있어요. 기억에는 시간이 없어요. 나는 당신을 기억 속에 넣어둘 거요. 그리고 당신도, 어쩌면 당신도 나를 기억할지 모르죠."

"물론 나도 당신을, 당신이라는 이상한 남자를 기억할

• ordinary. 일상적인

102

거예요."

그녀는 아무 생각 없이 그 말을 하고, 자기 말이 마음의 귀에서 메아리치는 소리를 들으며 깜짝 놀란다. 지금무슨 말을 하는 거지? 소예르로 그녀를 찾아온 폴란드 음악가와의 일은 아무리 생각해도 점점 희미해지다가 그녀가 죽을 때쯤에는 한 점의 먼지보다 못하게 될 텐데, 어떻게 그를 기억하겠다고 약속할 수 있지?

남자는 기억의 힘을 신뢰하는 것처럼 보인다. 그녀는 그에게 망각의 힘에 대해 얘기해주고 싶다. 그녀는 얼마나많은 것들을 잊었는가! 그리고 그녀는 노멀한 사람이고 오디너리한 사람이다. 예외적인 사람이 전혀 아니다.

그녀는 무엇을 잊었던가? 전혀 알 수 없다. 그냥 없어진 거다. 전혀 존재한 적이 없는 것처럼 지상에서 사라진거다.

20 그녀가 몸을 일으킨다. 그녀가 말한다. "산책하러갈까요? 산책용 신발은 가져오셨나요? 늦은 오후에는 바람이 심해져요. 산책하러 갈 거면 지금이 가장 좋

아요."

폴란드인이 신발을 갈아 신고 그들은 산보를 나선다.
그들은 도시가 내려다보이는 언덕 정상으로 향하는 길을
따라간다. 그는 느리지만 그녀가 우려했던 것만큼 느리
는 않다.

그녀가 말한다. "폴란드는 어때요? 당신도 알다시피,
나는 그곳에 가본 적이 없어서요."

"폴란드는 이렇게 아름답지는 않죠. 폴란드는 쓰레기
로 가득하죠. 수 세기에 걸친 쓰레기죠. 우리는 그것을 묻
지 않아요. 숨기지도 않아요. 폴란드를 사랑하려면 거기에
서 태어나야 해요. 만약 당신이 오면 우리나라를 안 좋아
할 거예요."

"그러나 당신은 폴란드를 좋아하잖아요."

"나는 폴란드를 좋아하면서 폴란드를 싫어해요. 이것
은 특별한 것이 아니에요. 많은 폴란드인들이 그러니까요."

"당신의 스승인 프레데리크 쇼팽은 폴란드를 떠나 돌
아가지 않았어요. 당신도 똑같이 할 수 있었겠죠."

"그래요, 나도 폴란드에 작별을 고하고 발데모사에 있

는 아파트를 사서 프랑스 숙녀가 나타나기를 기다릴 수 있었겠죠. 프랑스 남자들의 세련되지 못한 습관에 넌더리가 나서 부드러운 폴란드인한테서 사랑받기를 바라는 조르주 상드 같은 숙녀가 나타나기를 기다릴 수도 있었겠죠. 혹은 바로셀로나에 아파트를 구할 수도 있었을 거고요. 그러나 그것이 당신을 위해서는 좋지 않겠죠. 그래서 그렇게 안 하는 거예요. 그렇지 않나요?"

맞다, 맞다! 그것은 진짜다! 이 남자가 그녀의 집 현관을 얼쩡거리며 그녀에게 그림자를 드리우는 것이 그녀에게 좋지 않을 거라는 것은 사실일 거다. "나도 같은 생각이에요. 당신이 바르셀로나에 사는 것은 아주 나쁜 생각일 거예요. 나한테도 나쁘지만 어쩌면 당신한테는 더 나쁠지 몰라요."

그러나 그는 왜 조르주 상드 얘기를 하는 걸까? 그가 속으로 무슨 생각을 하든, 그녀는 자신이 그의 외국 애인, 그의 파트타임 간호사라고 생각하니 혐오스럽다.

그들은 정상에 도착한다. 그들은 거기에서 멈추고 해안선을 바라본다. 연인들이라면 서로에게 팔을 두를 것이다. 연인들이라면 키스도 할지 모른다. 그러나 그들은 그렇게 하지 않는다.

그녀가 말한다. "오늘 저녁 말인데요, 밖으로 나가고 싶으세요, 아니면 내가 요리를 할까요? 소예르에 좋은 레스토랑이 두어 군데 있어요. 아니면 멀리 드라이브를 갈 수도 있고요."

"그 숙녀, 이름이 로레타인가 하는 사람이 당신을 위해 요리해주지 않나요?"

"로레토는 날마다 오지 않아요. 더구나 근무는 세 시에 끝나요. 저녁에 그녀를 다시 오라고 하고 싶으면 부탁을 해야 해요."

"오늘 밤은 우리가 집에 있는 게 좋을 것 같아요. 내일은 내가 당신을 레스토랑에 데리고 갈게요. 그러나 오늘 밤은 집에 머물며 내가 당신이 요리하는 걸 돕기로 하죠."

"좋아요, 집에 있기로 해요. 내가 요리할 테니 당신은 돕지 않아도 돼요." 그녀는 폴란드인이 허둥지둥하며 물건들을 넘어뜨리고 걸리적거리는 모습을 상상한다. "내가 요리할 테니 당신은 쉬어요." 마치 어린아이에게 얘기하는 것 같다.

21 그녀는 저녁 식사를 위해 정원에서 뜯은 허브를 넣은 많은 양의 오믈렛과 샐러드를 만든다. 그녀는 모든 것을 간소하게 하기로 한다. 그래도 남자가 배가 고프다면 빵은 언제든 있다.

이곳 소예르에는 좋은 지하 저장실이 있다. 저장실을 채워 넣는 것은 그녀의 남편 몫이다. 그녀는 많이 마시지 않는다. 폴란드인이 더 마신다.

"당신에게 줄 선물이 있어요." 폴란드인이 말한다.

그녀가 리본을 풀고 작은 상자의 뚜껑을 연다. 솔방울처럼 생긴 것이 안에 들어 있다.

"장미예요." 그가 설명한다.

진짜로 장미다. 엷은 색 나무로 아주 섬세하게 조각한 장미.

"너무 예뻐요." 그녀가 말한다.

"프레데리크 쇼팽의 부모 집에서 나온 거예요. 폴란드 민속품이죠. 이러한 민속품은 주로 종교용으로 사용해요.

교회의 제단에 사용하는 거죠. 그러나 프레데리크의 부모
는 신앙심이 깊지는 않았어요. 그래서 이것은 다른 꽃들과
더불어 장식용으로 집 안에 있었어요. 당시에는 물감이 칠
해져 있었는데 이제는 물감이 없어졌네요. 이백 년이 지났
거든요. 그런데 내가 보기에는 그냥 나무만 있는 게 더 아
름다워요. 이 나무를 영어로 뭐라고 하는지 모르겠지만,
폴란드어로는 슈비에르크*라고 해요."

그래서 그녀는 성스러운 쇼팽의 유물을 보관하는 사람
이 되게 생겼다. 신을 믿지 않고 쇼팽은 더더욱 안 믿는 그
녀가 그 일에 맞는 사람일까? "고마워요, 비톨트. 아름다
워요. 잘 간직할게요. 그런데 이제 잘 자라는 인사를 해야
할 것 같아요. 나는 일찍 자거든요. 다른 스페인 사람들은
별로 그렇지 않지만 나는 그래요. 유감스럽게도 당신은 이
제 가야 할 것 같아요. 나는 문을 잠그거든요. 잠그지 않으
면 잠이 잘 안 와서요. 밖의 전등은 켜놓을게요. 굿나잇."
그녀는 키스하라고 볼을 내민다. "잘 자요."

* świerk. 폴란드어로 가문비나무.

22 보통 그녀는 금방 잠이 든다. 그러나 오늘 밤은 그렇지 않다. 폴란드인을 소예르에 초대한 것이 잘못이었나? **두 손을 맞잡은 것처럼 나란히 당신과 살고 싶어요. 다음 생에서도.** 이 얼마나 감상적인 헛소리인가! **당신은 나에게 평화를 줘요.** 그리고 그의 영웅의 집에서 가져온 장미. **당신을 위해서!** 너무 우습다!

그 주의 나머지 날들이 그녀 앞에 펼쳐져 있다. 어떻게 시간을 보내지? 산책하면서? 바보 같은 얘기를 하면서? 해변에 가고 레스토랑에 가면서? 공손하고 점잖고 평범한 두 사람이 그러한 일상적인 일들을 얼마나 참아야 둘 중 하나가 무너질까? 그리고 이것은 휴가였어야 되잖아!

그 남자가 원하는 건 뭘까? **그녀가** 원하는 건 뭘까?

23 낮이다. 그들은 아침 식사를 마쳤다.
"당신에게 보여줄 게 있어요." 그녀가 말한다. 그녀는 그를 뒷방 중 하나로 데리고 간다. 그녀가 기억하기로는 늘 먼지막이 시트가 씌워져 있는 피아노가 있는 방이다.

그녀가 시트를 벗긴다. "한번 보세요. 쓸모가 있을까

요?"

그가 어깨를 으쓱한다. "오래된 거네요. 스페인에서 만들어졌군요. 스페인이 피아노로 유명하지는 않죠." 그가 음계를 쳐본다. 건반은 느리고 달라붙고, 해머 하나는 빠져 있고, 줄은 음정이 심하게 맞지 않는다.

"연상 있나요?"

"피아노 연장 말인가요? 없어요."

"피아노 연장 말고 기계에 쓰는 연장이면 돼요."

그녀는 차고에 있는 연장통을 그에게 보여준다. 그는 스패너와 펜치를 갖고 한 시간 동안 피아노를 고친다. 그러고는 앉더니, 빠진 해머가 딸깍거리는 소리 때문에 이상하게 들리는 단순한 곡을 연주한다.

"미안하지만 우리한테는 당신에게 줄 더 좋은 것이 없네요." 그녀가 말한다.

"오르페오● 알죠? 오르페오에게는 피아노가 없었어

● Orfeo(이탈리아어), Orpheus(영어). 그리스 신화에 나오는 음유시인이자 리라의 명수. 그의 노래와 리라 연주는 초목과 짐승까지 감동시켰다고 한다.

요. 아주 원시적인 하프 말고는 없었어요. 그런데 동물들이 와서 그의 연주를 들었어요. 사자, 호랑이, 말, 소 등이 모두 몰려왔어요. 평화로운 광경이 펼쳐졌죠."

오르페오. 그렇다면 지금은 그가 오르페오다.

24. 그들은 차를 타고 항구로 내려가서 항만이 내려다보이는 테라스에서 커피를 마신다. 그녀는 그에게 발데모사에서 보냈던 시간에 대해 얘기해달라고 한다.

"청중들의 반응은 어땠나요? 당신의 연주를 높이 평가했나요?"

"오래된 수도원에서 연주를 했지요. 음향 효과는 안 좋았죠. 그런데 청중, 그래요, 청중 속에는 시어리어스한• 사람들이 있었어요. 일부는요."

"당신이 좋아하는 것은 시어리어스한 사람들인가요? 나는 시어리어스한 사람인가요?"

그는 그녀를 위아래로 쳐다본다. "폴란드어로는 헤비

• serious. 진지한

한heavy 사람, 공기로 만들어지지 않은 사람이라고 하죠. 당신은 헤비한 사람이에요."

그녀가 웃는다. "영어로는 **솔리드**solid•라고 해요. **솔리드 퍼슨**a solid person이나 **퍼슨 오브 섭스턴스**a person of substance•라고 하죠. **헤비**라는 말은 뚱뚱한 사람을 가리키는 데 써요. 당신이 나를 공기로 만들어진 사람이라고 생각하지 않는다니 기분 좋지만, 당신은 틀렸어요. 나는 솔리드하지도 않고 섭스턴스한 사람도 아니에요."

그녀는 생각한다. **만약 당신이 지금 나를 액체라고 말하면, 당신을 믿기 시작할 거예요.** 그러나 그는 그렇게 말하지 않는다.

나는 액체예요. 당신이 나를 잡으려고 하면, 나는 당신 손에서 물처럼 빠져나갈 거예요.

그녀가 말한다. "그런데 당신은 솔리드해요. 쇼팽에게 너무 솔리드한지도 몰라요. 당신한테 그런 말을 해준 사람

- solid. 신뢰할 만하고 존경할 만한
- substance. 돈과 힘, 영향력이 많음

있었나요?"

그가 말한다. "많은 사람들은 쇼팽이 공기로 만들어 졌다고 생각하죠. 나는 그들을 바로잡으려고 노력하는 거고요."

"쇼팽에는 많은 공기가 있어요. 그리고 훨씬 더 많은 물이 있고요. 흐르는 물. 액체 음악. 드뷔시도 그래요."

그가 고개를 기울인다. 그렇다는 걸까? 아니라는 걸까? 그녀는 그의 몸짓을 어떻게 해석해야 할지 모른다. 어쩌면 결코 모를 것 같다. 외국인이라서.

그녀가 말한다. "나는 그렇게 생각해요. 하지만 내가 뭘 알겠어요? 음악에는 그저 아마추어인데."

25 그는 피아노 앞에 앉아 즉흥연주를 하며 뒷방에서 오후를 보낸다. 그녀는 딸깍거리는 소리가 나지 않는 것으로 보아, 그가 소리가 안 나는 건반을 건너뛰고 있다고 생각한다. 창의력이 없는 건 아니다.

그가 몰두해 있는 동안, 그녀는 이제 그의 영역이 된 별채에 들어가본다. 욕실에서는 희미한 오드콜로뉴 냄새

가 난다. 무심코 그녀는 거울 앞의 선반에 단정하게 펼쳐
져 있는 여행용품을 살펴본다. 면도기. 흑단 손잡이가 달
린 빗. 포마드. 샴푸. 폴란드어 상표가 붙은 여러 개의 약
통. 다른 시대의 남자다. 혹은 폴란드의 모든 것이 이처럼
과거에 갇혀 있는 것인지도 모른다. 그녀는 어째서 폴란드
에 그리 무관심할까?

26 그녀는 그에게 자신을 위해 연주를 해달라고 한다.
"당신이 바르셀로나에서 연주했던 루토스와브스키
의 소품들을 연주해주세요."

그는 처음 세 곡을 연주한다. F 건반에서 딸깍거리는
소리가 한 번 난다.

"됐나요?"

"네, 됐어요. 쇼팽 말고 다른 것을 듣고 싶었을 뿐이에
요."

27 "마요르카 다음에는 어디로 가세요?" 그녀가 묻는다.
"러시아에서 일정이 있어요. 하나는 상트페테르부

르크에서, 다른 하나는 모스크바에서 있어요."

"러시아에서 유명하신가요? 나의 무지를 이해해주세요. 러시아인들이 당신을 높게 생각하나요?"

"아무도 나를 높게 생각하지 않아요. 세계 어느 곳에서도요. 괜찮아요. 나는 구세대니까요. 역사이니까요. 나는 박물관의 유리 캐비닛 속에 있어야 해요. 그런데 내가 여기 있네요. 아직 살아 있고요. **이건 기적이죠.** 나는 그들에게 말하죠. **믿지 못하겠다면 나를 만져보세요.**"

그녀는 혼란스럽다. 누가 믿지 못한다는 거지? 누구한테 자기를 만져보라고 하는 거지? 러시아인들한테?

그녀가 말한다. "당신은 자부심을 가져야 해요. 모두가 역사에 기록되는 것은 아니니까요. 역사의 일부가 되려고 평생 노력하지만 실패하는 사람들이 있어요. 예를 들어, 나는 결코 역사의 일부가 되지 못할 거예요."

"하지만 당신은 노력하지 않잖아요." 그가 말한다.

"그래요, 노력하지 않죠. 지금으로 만족하니까요."

그녀가 입 밖에 내지 않는 것은 이것이다. **내가 왜 역사에 남기를 바라야 하죠? 역사라는 게 나한테 뭐죠?**

28 "이 도시에 이발사가 있나요?" 그가 묻는다.

"여러 명 있죠. 뭐가 필요하신데요? 머리만 자르는 거라면 내가 해줄 수 있어요. 아들들의 머리를 수년 동안 잘라줬어요. 아주 능숙하답니다."

그것은 어느 정도 시험이다. 그는 자신의 치렁치렁한 머리에 어느 정도의 허영심을 갖고 있을까?

그런데 허영심이 없다는 게 드러난다. "당신이 머리를 잘라주면 최고의 선물이 되겠네요." 그가 말한다.

그녀는 그를 베란다에 앉히고 그의 목에 천을 두른다. 그는 거울을 사양한다. 그녀에 대한 믿음이 절대적인 것처럼 보인다. 머리칼이 잘리는 동안, 그는 눈을 뜨지 않고 입술에 몽롱한 미소를 머금은 채 앉아 있다. 그는 그녀의 손가락이 그의 두피에 닿는 것만으로 충분히 만족할까? 누군가의 머리를 어루만지는 것, 예기치 않게 친밀한 행위.

그녀가 말한다. "머릿결이 곱네요. 남자 것이라기보다 여자 것 같아요." 그녀가 입 밖에 내지 않는 것은 그의 정수리가 벗겨지기 시작하고 있다는 거다. 그러나 어쩌면 그는 알고 있을지 모른다.

그녀의 아버지에게는 마지막 몇 주, 몇 달 동안 그를 돌봐줄 간호사가 있었다. 그럼에도 종종 그녀, 즉 베아트리스를 불러서 도와달라고 했다. 그것은 그녀가 대비하고 있던 역할이 아니었다. 그러나 놀랍게도 그녀는 그것을 아주 잘해냈다. 만약 폴란드인이 지금 병에 걸리면, 그녀는 그를 돌볼 것이다. 완전히 자연스러울 것 같다. 자연스럽지 못한 것은 그가 간호가 필요한 노인이 아니라 잠재적인 연인으로 그녀의 문 앞에 왔다는 것이다.

29 그녀가 말한다. "당신은 당신의 결혼 생활에 대해 나한테 얘기한 적이 없어요. 행복한 결혼 생활이었나요?"

"나의 결혼은 오래전 과거의 일이에요. 폴란드가 공산권일 때이기도 했고요. 1978년에 끝났어요. 1978년은 역사나 마찬가지죠."

"당신의 결혼이 역사라는 이유만으로 사실이 아니었던 것은 아니잖아요. 기억은 사실이라고 당신도 말했잖아요. 당신에게도 기억이 있겠죠."

폴란드인이 희미한 미소를 짓는다. "우리 중 일부는 좋은 것들을 기억하죠. 또 일부는 나쁜 것들을 기억하고요. 어떤 것을 기억할지 선택하는 거죠. 어떤 기억들은 언더그라운드*에 묻고요. 언더그라운드라는 말이 맞나요?"

"네, 그렇게 표현해요. 언더그라운드. 나쁜 기억들의 묘지랄까요. 좋은 기억들에 대해 얘기해봐요. 당신 부인은 어땠나요? 이름이 무엇이었나요?"

"말고르자타였지만 모두가 고시아라고 불렀죠. 교사였어요. 영어와 독일어를 가르쳤죠. 나는 그녀에게 배워 영어 구사력을 높였죠."

"사진 있어요?"

"없어요."

물론 없겠지. 그가 왜 갖고 있어야 하나?

그는 그녀의 결혼과 좋고 나쁜 기억들에 대해 묻지 않는다. 그는 그녀가 어디를 가든 남편의 사진을 갖고 다니는지 묻지 않는다. 그는 아무것도 묻지 않는다. 정말로 무

---

* the underground. 지하, 암흑가, 저승

관심하다.

30 그것이 그들이 나누는 더 친밀한 대화 중 하나다. 그런데 그들은 나머지 시간에 같이 있을 때면 말이 없다. 그녀는 보통 말이 없는 편이 아니다. 친구들과 같이 있으면 말이 많고 수다스럽다. 그런데 폴란드인에게서는 사소한 말이라도 냉기가 흘러나오는 것처럼 보인다. 그녀는 속으로 언어 때문이라고 생각한다. 그녀가 폴란드인이거나 그가 스페인인이라면 보통 커플처럼 더 쉽게 얘기할 것 같다. 그러나 그가 스페인인이라면 다른 남자일 것이다. 그녀가 폴란드인이라면 다른 여자일 것처럼 말이다. 그들은 있는 그대로다. 성인이고 교양 있는 사람들이고.

31 그녀는 그를 데리고 포르날루츠 식당에 가서 점심을 먹는다. 그녀와 남편이 자주 갔던 친숙한 작은 레스토랑이 아니라 1세기 전에 지역 유지들의 거주지였던 호텔에 딸린 레스토랑이다. 가운데에는 하늘이 보이는 뜰이 있다. 새들이 날아와 탁자 사이를 돌아다니거나 분수에

서 물을 마신다. 아무도 두 사람에 대해 알고 싶어 하지 않는다. 아무도 관심을 보이지 않는다. 아무도 신경을 쓰지 않으니 그들은 자유롭다.

그녀는 화장실에 간다. 그늘에서 나오다가 그녀는 문간에서 잠시 걸음을 멈추고 그가 그녀를 보기를 기다렸다가, 테이블 시이로 그를 향해서 간다. 두 웨이터의 눈이 그러하듯, 그의 눈이 그녀를 향해 고정되어 있다.

그녀는 자신이 남자들에게 발휘하는 효과에 대해 의식한다. 우아함, 그것이 그렇게 케케묵은 개념은 아니다. 그녀는 생각한다. 그가 폴란드나 러시아에 가면 이 순간, 우아한 사람이 그를 향해 마루를 가로질러 다가오는 이 순간을 돌아볼 것이다. **우리가, 손님, 요리사, 웨이터를 포함한 우리 모두가, 뭘 했기에 이것을, 하늘에서 내려오며 우리에게 밝음을 발산하는 우아함을 누릴 자격이 있는 것일까?** 그는 이렇게 생각할 것이다.

32 그들이 집에 같이 있게 된 지 사흘째다. 로레토는 집안일을 끝내고 집으로 갔다. 그녀, 즉 베아트리

스는 책을 읽으려고 하지만 마음이 너무 혼란스럽다. 시간이 더디게 간다. 빨리 갔으면 좋겠다.

어둠이 내린다. 그녀는 별채 문을 두드린다. "비톨트? 먹을 것을 좀 만들었어요."

그들은 침묵 속에서 먹는다. 그녀가 말한다. "나는 설거지를 하고 방으로 갈 거예요. 뒷문은 열어둘게요. 밤에 외로워 오고 싶으면 그렇게 하세요."

그것이 그녀가 말한 전부다. 그녀는 토론을 원하는 게 아니다.

그녀는 이를 닦고 세수하고 머리를 빗고 욕실 유리로 자기 모습을 점검한다. 거울에 비친 자기 모습을 바라보는 것은 여자들이 책이나 영화에서 하는 거다. 그러나 그녀는 책이나 영화에 나오는 사람이 아니다. 그녀는 자신을 바라보는 게 아니다. 그렇다, 그것은 그녀가 자신을 보도록 내어주고 있는, 거울의 다른 쪽에 있는 존재다. 그 다른 존재는 뭘 볼까?

그녀는 유리를 통과해 자신을 보내 그 낯선 자아, 그 낯선 응시 안으로 들어가보려고 열심히 노력한다. 소용이 없다.

그녀는 검은 잠옷을 입고 커튼을 젖히고 불을 끈다.
달빛이 쏟아져 들어온다. 그녀는 아직 아름다운 여자다.
괜찮은 모습이다. 마가리타는 늘 이렇게 말한다. **네가 옛
모습 그대로인 것을 보면 놀라워! 두 아이를 낳고도 여전히
열여덟 살 같다니까!** 그가 자신의 행운에 놀라게 놔두자.
그러나 두 아이가 지금 그녀를 본다면 뭐라고 할까? **엄마,
어떻게 엄마가!**

그녀는 뒷문이 열리는 소리를 듣고 발소리를 듣고 그
가 침실에 들어오는 소리를 듣는다. 그는 말없이 옷을 벗
는다. 그녀는 눈을 피한다. 그녀는 그가 그녀의 옆에 눕는
것을 느끼고, 그의 벌어진 가슴과 거기에 무성하게 난 털
이 그녀에게 닿는 걸 느낀다. 그녀는 생각한다. **곰 같네!
내가 어떤 것에 나를 내어주는 거지? 너무 늦었다. 이제는
돌아갈 수 없다.**

그녀는 성행위를 할 때 최대한 그를 거든다. 그녀는
늙은 남자들과 잠자리를 같이한 경험이 없지만, 침대에서
그들의 문제가 무엇이고 그들에게 결핍된 것이 무엇인지

를 짐작할 수 있다. 엄청난 무게가 그녀를 짓누르는 것이 낯선 경험이고 다소 무섭지만, 곧 그것이 끝난다.

그녀가 말한다. "이제 당신은 나를 가졌네요. 당신의 그레이셔스 레이디를 가졌네요. 이제 만족하세요?"

그가 말한다. "가슴이 꽉 찼어요." 그가 그녀의 손을 자기 가슴에 가져다 댄다. 그녀는 희미하게 그의 심장이 **타닥타닥** 뛰는 것을 느낄 수 있다. 그녀의 고른 심장보다 더 빠르게 뛴다. 사실, 놀랄 정도로 빠르게 뛴다. 그녀는 자신의 침대에서 누군가가 죽는 걸 원치 않는다.

그녀가 말한다. "가슴이 꽉 찼다는 게 어떤 느낌인지 모르겠어요. 가슴이 텅 비었다는 것에 반대되는 것이겠죠. 그러나 조심하셔야 해요. 내 말 알아들어요? 알겠어요?"

"알아들어요, 카리뇨•."

카리뇨. 대체 그는 어디에서 그 말을 주워들은 걸까?

• cariño. 영어의 dear에 해당하는 스페인어로, 부부나 연인 사이에 애정의 표시로 사용하는 호격. 여보!

33 그녀는 이렇게 덩치 큰 남자와 그녀의 침대에서 밤을 보낼 생각이 없다. 그녀가 말한다. "이제 나는 잠을 자야 하니 당신은 가야 해요. 아침에 봐요. 굿나잇, 비톨트. 잘 자요."

그녀는 그가 옷을 입을 때 그의 어둑한 모습을 바라본다. 그가 문을 열자 불빛이 비치더니 이내 그가 사라진다.

소예르에서의 사흘 밤이 남았다. 그는 매일 그녀가 자기한테 응대해주기를 바랄까? 피곤의 물결이 그녀를 덮친다. 그녀는 이렇게 복잡하지 않은, 바르셀로나에 있는 자기 침대와 자기 삶으로 돌아가고 싶다. 무엇보다도 잠을 자고 싶다.

34 그녀는 아침에 특별히 신경을 써서 옷을 입고 화장을 한다. 그녀가 부엌에 나타날 때쯤, 폴란드인은 아침 식사를 마친 상태다. 그녀는 입맞춤을 위해 볼을 내민다.

"잘 잤어요?" 그녀가 묻는다. 그가 고개를 끄덕인다.

그녀는 과일 그릇 너머로 그를 살핀다. 어떤 기분일

까? 무엇보다도 당황스럽겠지. 어쩌면 잠을 못 잤을지도 모르고.

모든 건 너 때문이야. 그녀는 자신을 탓한다. 어둠 속에 함께 던져져 어느 쪽도 준비가 되어 있지 않은 일을 하는 두 낯선 사람들. 배우들. 연기자들. **너는 무사할 거라고 생각했겠지. 하찮은 일일 거라고 생각했겠지. 하지만 너는 틀렸어, 틀렸어, 틀렸어.**

그녀가 제안한다. "우리, 수영하러 가는 게 어때요? 수영복 가져왔나요? 없다고요? 원한다면 소예르에서 살 수 있어요."

그들은 운동용품점에 간다. 폴란드인의 사이즈에 맞는 것은 노란색밖에 없다.

아직 이른 시간이다. 그녀가 좋아하는 해변에는 아직 가족들이 몰려오지 않았다. 거기에 있는 유일한 사람들은 수영을 진지하게 생각하는 사람들이다.

몇 시간 전만 해도 침대에서 옷을 벗고 있었던 그들 두 사람이 밝은 햇빛 속에서 반쯤 벗은 서로를 보는 것은 낯선 경험이다. 그녀는 뭘 볼까? 그의 다리는 가늘고 가냘

프기까지 하다. 그녀는 그가 그녀의 허벅지 안쪽에 있는 푸른 힘줄을 보지 않았으면 싶다.

당신은 나에게 평화를 줘요. 땀이 난 몸과 씨름하는 몸. 여자에게 그러한 것만큼이나 남자에게도 충격이겠지. 그러한 결투 다음에는 숭배의 여지도 존경의 여지도 없다. 숭배는 어딘가로 치워지고 없다. 물속에서 그들은 갈라진다. 그는 기슭에 머물고, 그녀는 깊은 곳으로 곧장 들어간다.

바다에 혼자 있으니 깊은 안도감이 든다. 그녀는 잠수해서 돌고래로 변할 수도 있을 것 같다. 그렇게 되면 자신이 어지럽혀놓은 것들이 씻겨나가는 느낌을 받을 것 같다. 남편이 유년 시절에 살던 집에 낯선 남자를 초대하다니 얼마나 어리석은 생각이었는가!

35 그들은 집으로 돌아온다. 그녀가 말한다. "로레토에 대해 당신한테 말해주고 싶은 게 있어요. 로레토는 여자예요. 여자에게는 눈이 있어요. 무슨 일이 일어나는지 숨기려고 해도 소용없어요. 그래도 우리가 뻔뻔할

수는 없잖아요. 내가 무슨 말을 하는지 알겠어요? 우리는 그녀의 코 밑에서 간통을 계속하며 그녀를 모욕할 수는 없어요. 사실 그렇잖아요. 바로 그거잖아요. 그녀에게는 자존심이 있어요. 항의하고 떠나서 돌아오지 않을 거예요. 그리고 나는 굴욕을 당할 거고요."

폴란드인이 말한다. "알겠어요. 그런데 우리는 연인처럼 행동하지 않잖아요."

"맞아요. 연인처럼 행동하지는 않죠."

"나는 당신을 만난 날부터 당신의 연인이었고 아무도 그걸 몰라요. 세상에 있는 그 누구도 나보다 더 잘 비밀을 지킬 수는 없어요."

"정말로 그렇게 생각한다면 당신은 바보예요. 나에게 당신은 속이 들여다보이는 사람이에요. 로레토에게도 당신은 속이 들여다보여요. 어떤 여자에게도 당신은 속이 들여다보여요. 내가 당신에게 부탁하는 것은 비밀을 지키는 것과는 아무 상관이 없어요. 나는 당신에게 계속 그런 척해달라고 부탁하는 거예요. 그걸 정중하게 할 수 있겠어요?"

폴란드인이 고개를 끄덕인다. "시인 단테는 베아트리

체의 연인이었는데 아무도 몰랐어요."

"그건 난센스예요. 베아트리체는 알았어요. 그녀의 친
구들도 다 알았어요. 그들은 모든 소녀들이 그러하듯 그
얘기를 하면서 키득거렸어요. 비톨트, 당신은 정말로 자신
이 단테라고 생각해요?"

"아니, 나는 단테가 아니에요. 나한테는 영감이 없어
요. 말재주도 없고요."

36 오후가 되자 그들은 늘 가던 언덕을 산책한다.
그녀가 말한다. "딸에 대해 더 얘기해봐요. 당신을
닮았나요, 엄마를 닮았나요?"

"나를 닮았다면 재앙이겠죠. 엄마를 닮았어요."

"내면은 어때요? 열정은 엄마를 닮았나요, 아니면 당
신을 닮았나요?"

"그렇다, 아니다로 말할 수는 없네요. 딸이 아버지에
게 열정을 보여주지는 않으니까요."

그녀는 그냥 넘어간다. **열정**passion. 그는 이 단어를 무
슨 뜻이라고 생각하는 거지? 여름밤에 발가벗고 있는 몸

들을 생각하는 걸까?

그들의 대화는 모두 이런 식이다. 어떤 값어치가 있는
지 모른 채 어둠 속에서 동전들을 주고받는 것 같다.

때때로 그녀는 그가 자신이 하는 말에 귀를 기울이지
않고, 마치 그녀가 말하기보다 노래를 하는 것처럼 목소
리의 음조에만 귀를 기울이는 것 같은 느낌을 받는다. 그
녀는 자신의 목소리가 싫다. 너무 낮고 너무 부드럽다. 그
러나 그는 그것을 들이마시는 것처럼 보인다. 그는 언제나
그녀에게서 최고의 것을 본다.

사랑을 돌려받기를 기대하지 않고 사랑하는 것에는 부
자연스러운 게 있다.

그녀는 왜 그와 같이 있는 걸까? 그녀는 왜 그를 이곳
으로 오게 했을까? 그녀의 마음에 드는 것은 과연 무엇일
까? 답은 나와 있다. 그가 너무 속이 내보일 정도로 그녀
에게서 즐거움을 찾는다는 것이다. 그녀가 방에 들어오면,
보통은 음침한 그의 얼굴이 밝아진다. 그녀를 감싸는 그의
눈길은 남자의 욕망으로 가득하다. 그러나 결국 그것은 자
신의 행운을 믿을 수 없다는 듯한 감탄과 매혹의 눈길이

다. 그녀는 그의 눈길에 자신을 내어주는 것이 즐겁다.

그녀는 그의 손도 좋아하게 되었다. 그가 육체노동으로 살아간다고 생각하면 기분이 좋다.

그러나 그녀의 신경을 거스르게 만드는 다른 특징들이 있다. 그의 경직성, 주변 세계로부터의 초연함, 특히 과장된 말버릇이 그렇다. 그가 말하는 모든 것과 그가 하는 모든 행동이 너무 형식적으로 느껴진다. 그녀의 팔에 안겼을 때조차 그는 긴장을 풀지 못하는 것 같다. 두 사람이 에로틱한 뉘앙스를 알지 못하는 언어인 영어로 사랑을 나누는 것은 우스운 광경이다.

그녀가 그에게 너무 모진 것일까? 그녀에게는 부드러움이 부족할까? 우리는 저마다 일정량의 부드러움을 갖고 태어나는 것일까? 그녀는 남편과 아이들에게 모든 부드러움을 쏟아버린 탓에 늦게 나타난 연인한테는 쏟을 게 아무것도 없는 걸까?

만약 그녀가 그를 사랑하지 않는다면 그를 향한 감정, 이 의심스러운 길로 접어들게 만든 감정은 무엇일까?

굳이 말해야 한다면, 그녀는 그것을 연민이라고 하겠

다. 그는 그녀와 사랑에 빠졌고 그녀는 그를 가엾이 여겨 연민의 감정에서 그의 욕망을 채워주었다. 그랬던 거다. 그것은 그녀의 실수였다.

37 그녀의 남편에게서 전화가 온다. "음악가 친구하고 는 어떻게 돼가?" 그가 묻는다.

"그리 나쁘진 않아. 어제 발데모사에서 버스로 왔어. 그분이 뒷방에 있는 피아노를 고쳐놓았어. 고칠 수 있을 만큼 고쳐놓아서 우리한테도 유용할 거야. 오늘 오후에는 드라이브를 가서 섬을 보여주려고 해. 내일 떠나."

"개인적 차원에서는 어때?"

"개인적인 차원이라고? 그와 나는 아주 잘 지내. 약간 아리스코•하고 약간 음침하지만 나는 신경 안 써."

그녀는 거짓말에 익숙하지 않지만 전화로는 별로 어렵지 않다. 그리고 거창한 거짓말을 한 것도 아니다. 어차피 그것은 아무것도 아닐 테니까. 소예르에서 일어난 일은 과

• arisco. 스페인으로 무뚝뚝하다는 뜻.

거 속으로 휩쓸려들어가 잊힐 테니까.

38

그들에게 남은 사흘 밤 내내 폴란드인은 그녀의 침
대를 찾는다. 그녀는 그리스 소녀에 관한 이야기를
떠올린다. 그녀의 침대에 있는 검은 낯선 사람이 괴물일지
몰라서 램프를 켜고 보았더니 신이었다는 이야기. 그런데
그녀, 즉 베아트리스에게는 램프가 필요 없다. 그녀의 침
대에 있는 낯선 사람은 괴물이 아닐 수 있지만, 확실히 신
은 아니다.

그런데 왜 그 소녀는 그 손님을 보려고 했을까? 그 무
게, 낯선 남자의 몸이 가하는 압도적인 압박감으로 충분하
지 않았을까?

새로움의 쇼크. 진흙더미에 쓸려 묻혀버리는 것처럼
어두운 쇼크가 아니라, 전기 쇼크처럼 밝은 쇼크.

두 번째 밤이다. 감미로운 추락의 감정이 과거로부터
다시 나타나는 순간이 있다. 그녀는 그것이 영원히 사라졌
다고 생각했다. 그것이 청년 시절이나 심지어 유년 시절에
속하는 것이라고 생각했다. 자기를 놓아버리고 순간적으

로, 순수한 경험 자체가 되는, 워터 슬라이드를 타고 내려오는 두려움과 즐거움이랄까.

달리 기억나는 것이 뭐지? 그녀의 살에 닿아 그녀에게서 음악을 끌어내는 손가락들. 음악가의 손길.

때때로 그가 에로틱한 행동을 할 때, 그녀의 마음은 로레토에게 시켜야 하는 쇼핑과 잊어버린 치과 약속 같은 것으로 한가롭게 흘러간다.

연인으로서 그 남자는 능력이 있지만, 그것이 아주 충분하지는 않다. 아무리 의지가 굳어도, 삐거덕거리는 몸과 강력한 힘의 부재가 사랑의 행위에 영향을 미치는 것을 막을 수는 없다. 그는 최대한 그것을 감추려고 한다. 그리고 그녀의 침대를 떠날 때면 매번 고맙다고 말한다. "진심으로 고마워요." 그 순간에 그녀의 마음은 그를 향해서 간다. 사랑이 아니라 연민에서다. 남자라는 것은 너무 어려운 일이구나!

그녀는 자진하여 그를 껴안을 수가 없다. 그녀는 자신의 머뭇거림과 육체적인 혐오감을 그가 의식하고 있다는 것을 안다. 그의 의례적인 감사의 말에는 그러한 의식이 담겨 있다. **이렇게까지 내려와줘서 고마워요.**

그녀는 죄의식을 느껴야 한다. 자신이 원하지 않는 남자와 잠을 자서는 안 된다. 그러나 그녀는 아무런 죄의식을 느끼지 않는다. 그녀는 스스로에게 말한다. **나는 충분히 주는 거야. 그리고 영원히 그러는 것은 아니잖아.**

39 그가 그녀의 귀에 대고 속삭인다. **베-아-트리스. 나는 당신의 이름을 입술에 머금고 죽을 거요.**

40 그녀는 그의 품에 안겨 있다. 그들이 같이 보내는 마지막 밤이다. 그녀가 말한다. "비톨트, 이런 말하기 쉽지 않지만 오늘밤으로 끝이네요. 우리는 다시 못 만날 거예요. 나한테 삶이 너무 어려워질 테니까요. 내가 설명할 필요는 없겠죠. 그냥 받아들여요."

그녀는 그들이 컴컴한 데 있어서 좋다. 그녀는 사람들에게 상처를 주고 싶지 않다. 그의 얼굴에 괴로운 표정이 어리는 것을 보고 싶지 않다.

"나를 나쁘게 생각하지 말아요. 부탁이에요. 아침 8시

15분에 발데모사로 가는 버스가 있어요. 버스 터미널까지 데려다줄게요."

그녀는 이 말을 사전에 연습했다. 따라서 그 순간이 부자연스럽게 느껴지는 것은 당연하다. 마치 그녀가 어딘가 밖에 있거나 머리 위 어딘가에서 서성거리며 여자의 목소리를 듣고 남자의 반응을 지켜보는 것만 같다.

남자는 포옹을 느슨하게 하는 것으로 반응한다. 그의 포옹은 조금 전만 해도 따뜻했지만 이제는 차가워졌다. 그는 그녀에게서 등을 돌려 일어나 옷을 찾는 것으로 응수한다. 그는 (어둠 속에서 약간 더듬거리며) 문으로 가는 길을 찾고 나가는 것으로 응수한다. 잘 들으면, 그녀는 부엌문이 그의 등 뒤로 닫힐 때 딸깍거리는 소리를 들을 수 있다.

그녀는 가까스로 숨을 내쉰다. 그녀는 그가 자존심이 상해 화를 내며 응수하지 않았고, 애원함으로써 스스로를 창피하게 하지 않았다는 것이 기쁘다. 말할 수 없이 기쁘다. 그가 애걸했더라면 그녀는 그에게서 영원히 돌아섰을 것이다.

41 그는 다음 날 아침 버스를 타러 가는 길에 하나의 애원, 결국 마지막 애원을 한다. "러시아 일정이 끝나면 우리는 브라질로 갈 수 있어요. 당신은 브라질 바다에서 수영을 할 수 있을 거고요."

그녀가 말한다. "안 돼요. 나는 당신을 따라 세상을 돌아다니지 않을 거예요. 당신이든 다른 남자든 마찬가지예요. 안 돼요."

그들은 버스 터미널에 도착한다. 그녀가 말한다. "나는 기다리지 않을래요. 잘 가요." 그녀는 그의 입술에 키스를 한다. 그리고 가버린다.

42 집에 돌아와서 그녀는 별채를 점검한다. 그는 아무런 흔적을, 아무런 물질적인 흔적을 남기지 않았다. 착한 손님이다.

43 "엘 세뇨르 브엘베?"• 로레토가 묻는다.
"노, 엘 세뇨르 하 시도 라마도 데 부엘타 아 수 티에라 나탈. 아 폴리노아. 노 볼베라."■ 그 신사는 돌아오지 않아요.

44 나머지 하루 동안 그녀는 천천히, 침착하게, 의도
적으로, 늘 하던 일을 한다. 그녀는 자신이 아직도
쇼크 상태라는 것을 의식한다. 폴란드인이 처음에 그녀의
침실에 나타났을 때부터 계속 그랬다. 그녀가 침착함을 유
지하고 시간이 흐르면, 쇼크―그녀는 이것을 그녀의 몸을
너무 꼭 감아서 거의 숨을 쉴 수 없게 만드는 시트라고 상
상한다―가 점점 느슨해지고 삶은 늘 그랬던 것 같은 질
서를 다시 유지하게 될 것이다.

시트 혹은 그리스 이야기에 나오는 것 같은 틀, 자기
가 생각하는 적절한 길이가 될 때까지 상대의 뼈를 으스러
뜨리는 침대.◆

그녀가 알기로는 폴란드인도 그렇다. 너무 긴 다리와
큰 손을 가진 폴란드인은 그의 형체에 맞게 부서지고 일그

● 그 신사분은 다시 오나요?
■ 아니, 그 신사분은 고국으로 돌아갔어요. 다시 오지 않을 거예요.
◆ 프로크루스테스의 침대

137

러졌을지 모른다.

45 그녀는 비행기로 바로셀로나에 돌아가기 전 며칠 동안, 자신의 기억을 다시 정리하고 스스로에게 하게 될 이야기, 자신의 이야기가 될 이야기를 정리할 시간을 갖는다. **바람을 한번 핀 거지***(그녀는 영어식 표현을 사용한다). 그녀는 객원 음악가와 그 나름으로 보람 있는 바람을 피웠지만 이제 끝났다. 눈치가 빠른 마가리타가 따지고 들면(**너, 다른 사람하고 있었구나! 나는 못 속여!**) 그녀는 시치미를 떼지 않을 것이다. **네가 바르셀로나로 데려온 그 폴란드 피아니스트였어. 그 사람 기억하지? 쇼팽 페스티벌에 연주하러 왔었어. 그도 자유롭고 나도 자유로워 며칠을 같이 보냈어. 심각한 것은 없었어. 틀림없이 그 사람은 연애를 많이 하며 살 거야.**

그녀는 자신의 이야기가 불완전할지 모르고, 어떤 점에서는 사실이 아닐 수도 있다고 인정할 준비가 되어 있

• She had a fling.

다. 그러나 자신의 마음속을 들여다보니 검은 잔재를 찾을 수 없다. 후회도 없고 슬픔도 없고 갈망도 없다. 앞날을 혼란스럽게 할 게 아무것도 없다.

심각할 게 없다. 사랑은 우리가 바라볼 때조차 과거 속으로, 역사의 깊은 안쪽으로 물러나는 마음의 상태, 존재의 상태, 현상, 경향일까? 폴란드인은 그녀와 사랑에 빠졌다. **심각하게** 사랑에 빠졌다. 어쩌면 지금도 그러한지 모른다. 그러나 폴란드인 자신도 역사의 잔재, 욕망이 진정한 것으로 평가받으려면 손에 닿을 수 없는 존재라는 암시가 있어야 했던 시대의 잔재다. 그녀, 즉 베아트리스, 즉 그의 애인은 어떠한가? 그녀는 확실히 손에 닿을 수 없는 존재는 아니었다. 반대로 너무 쉽게 손에 닿을 수 있었다. **내 집으로 와요. 내 침대로 와요.** 결국 그녀가 너무 쉽게 손에 닿을 수 있는 사람이라는 오명을 벗을 수 있었던 것은 폴란드인을 내보냄으로써 가능해졌다. 폴란드인은 지금 이 순간 틀림없이 그의 마음에 상처를 남겨 치유하는 데 오랜 시간이 걸리게 만든 잔인한 스페인 애인에 관한 자신만의 이야기를 만들고 있을 것이다.

4장

1 그녀는 바르셀로나에 돌아오고 나서도 한동안 가벼운 쇼크 상태로 지낸다. 마요르카에서 있었던 일이 아무런 해를 끼치지 않고 터지지만 귀를 얼얼하게 만드는 폭탄처럼, 이렇게 오래 영향을 미친다는 사실이 그녀에게는 놀랍다.

쇼크 상태에 있다는 것이 다시 활동적인 일을 하는 것에 방해가 되지는 않는다. 그녀는 떠오르는 젊은 음악가들의 주거 비용을 마련하기 위한 위원회에 들어간다. 그녀는 매일 몇 시간씩 전화를 붙잡고 있다. 단골손님들이 나이가 들고 아프면서, 청중 수가 줄어들고 있는 콘서트 서클 문

제도 있다. 토마스 레진스키는 죽었다. 그의 아내 에스터
는 딸과 같이 살려고 프랑스로 가려고 한다. 서클이 시로
부터 받는 지원금이 ('자금 경색'으로) 절반으로 삭감될 예
정이다. 프로그램을 손질해 1년에 10회 하던 콘서트를 6
회로 줄여야 할 것이다.

　　그녀는 폴란드인이 그립지 않다, 전혀. 그는 그녀에게
메일을 보낸다. 그녀는 읽지 않고 지운다.

2　2019년 10월. 그녀는 살라 몸푸에 갔다가 간사로부
　　터 누군가가 독일에서 그녀에게 연락을 해왔다는 말
을 듣는다. "언젠가 여기에서 연주했던 음악가에 관해서라
고 했어요. 이름은 못 알아들었어요. 러시아 이름 같았어
요. 전화번호를 남겼어요."

　　그녀는 그 번호로 전화를 건다. 독일어로 된 녹음 메
시지가 들린다. 그녀는 영어로 얘기하며 자신의 이름을 남
긴다.

　　그녀에게 전화가 걸려온다. "저는 에바 라이커트입니
다. 비톨트 발치키예비치가 제 아버지예요. 돌아가셨습니

다. 아마 알고 계시겠죠?"

"아뇨, 몰랐어요. 유감이네요. 뭐라고 위로의 말씀을 드려야 할지 모르겠습니다."

"오랫동안 아프셨어요."

"전혀 몰랐어요. 유감스럽게도 당신 아버지와 연락이 끊긴 지 오래됐거든요. 그는 오랫동안 기억에 남을 거예요. 그는 위대한 피아니스트였습니다."

"네. 아버지가 당신을 위해 남긴 것들이 있어요."

"그래요? 어떤 것들인가요?"

"나는 보지 못했어요. 아직 바르샤바에 있는 아파트에 있으니까요. 당신은 가본 적이 있나요?"

"나는 바르샤바에 가본 적이 없어요. 에바 라이커트 여사님. 나는 폴란드에 가본 적이 없어요. 당신이 사람을 제대로 찾은 게 맞나요?"

"이 번호로 내가 전화했고, 지금 당신이 나에게 전화를 하고 있으니, 당신이 맞죠. 그렇지 않을까요?"

"알겠어요. 그것들을 나한테 보내줄 수 있나요?"

"나는 베를린에 있어요. 내가 직접 어떤 걸 보낼 수는 없고요. 바르샤바에 사는 이웃의 이름을 알려줄 테니 그분하고 알아서 하세요. 그분의 이름은 파니 야블론스카예요. 오랫동안 아버지의 친구였던 분이세요. 그분이 당신 이름을 쓴 상자에 당신을 위한 물건들을 모두 넣어뒀대요. 다만 빠르게 행동하셔야 해요. 나는 변호사로부터 서류가 오기만 기다리고 있거든요. 아파트를 팔게 될 거예요. 아마 당신에게 중요한 것이 아닐 수도 있어요. 나는 모르겠어요. 여하튼 당신이 결정할 문제예요. 그러나 다시 말씀드리는데 빨리 행동하시기를 부탁드려요. 영어로는 어떻게 얘기하는지 모르지만, 바르샤바에는 볼테티히 오가니자치옹•이라는 게 있어요. 내가 요청하면 그들이 와서 아파트에 있는 모든 것들을 가져가고 깨끗이 청소해주죠. 그러니 그것들을 원하신다면 파니 야블론스카한테 전화하세요."

그녀는 바르샤바의 주소와 전화번호를 받아 적는다.

"고마워요. 파니 야블론스카와 얘기해 어떻게 할지 알아볼게요. 당신 아버지가 내가 가졌으면 하는 것들이 무엇

• wohltätige Organisation. 독일어로 자선단체.

인지 당신은 전혀 모르나요?"

"몰라요. 아버지는 나한테 비밀을 얘기한 적이 없어
요. 그런데 파니 야블론스카는 영어를 못 해요. 그러니 전
화할 때 통역이 있어야 할 거예요."

"고마워요. 알려줘서 고마워요. 안녕히 계세요."

비밀. 그러니까 그녀가 그 폴란드인의 비밀 중 하나라
는 말이다. 바르셀로나 비밀. 그는 세상의 도시들에 어떤
비밀들을 또 남겼을까?

3   그녀는 택배회사에 전화를 건다. 그들은 폴란드에
     서도 영업하고, 유럽 전역에서도 영업한다고 한다.
그들은 바르샤바에 있는 주소에서 위탁물을 수거할 수 있
다고 한다. 그런데 위탁물은 무엇인가요? 상자인가요? 큰
상자인가요? 작은 상자인가요? 5킬로그램 이하의 물품을
수거해서 배달하는 데 160유로, 상자에 무엇이 들어 있느
냐에 따라 필요하다면 관세를 내야 해요. 상자 안에 무엇
이 들어 있나요? 사진인가요? CD인가요? 사용하던 CD
인가요? 보통 EU 안에서는 그러한 물품에 관세가 안 붙거

든요. 그렇게 추진할까요?

그녀가 말한다. 수집에 필요한 계획을 세워놓고 다시 전화할게요.

4 살라 몸푸를 사용하는 체임버 오케스트라의 바이올리니스트 중 하나가 러시아인이다. 그녀는 리허설이 끝난 다음 그를 붙잡는다. "잠깐만 시간 내줄 수 있어요? 내가 폴란드에 사는 여자분에게 메시지를 보내야 해요. 여기에 그분 전화번호가 있어요. 내가 전화를 하면, 당신이 그분하고 얘기해서 메시지 좀 전해줄래요? 택배원이 금요일에 상자를 가지러 올 거라고 말해주세요. 그렇게 해주실 수 있나요?"

바이올리니스트가 말한다. "나는 폴란드어를 못 해요. 폴란드어는 러시아어가 아니라 다른 언어예요."

"네, 알아요. 그런데 이분은 노부인이에요. 오랜 역사를 거치며 살아온 분이니 틀림없이 러시아어를 좀 알 거예요. 그리고 메시지도 아주 간단한 거고요."

"폴란드인들에게 러시아어로 얘기하는 것은 모욕이지

만, 당신을 위해 한번 해볼게요." 그녀는 파니 야블론스카의 번호로 전화를 걸고 전화기를 넘겨준다.

응답이 없다.

"당신이 러시아어로 메모를 써주면 내가 그걸 보낼게요. 이렇게 쓰세요. **안녕하세요, 파니 야블론스카. 제 이름은 베아트리스예요. 판 비톨트의 친구이고요. 금요일에 택배원이 올 거예요. 택배원에게 상자를 건네주시기를 부탁드립니다.**"

바이올리니스트가 말한다. "로마자로 쓰겠습니다." 그가 쓴다. 도브리 덴, 파니 야볼론스카. 메냐 자붓 베아트리스, 야 드루그….• 당신이 여기에 그의 이름을 쓰세요. 쿠르예르 프리예데트 브 퍄트니추. 파잘루이스타, 오트다이테 코로브쿠 쿠르예르.▪ "잘 쓴 러시아어는 아니지만, 그 폴란드 부인은 이해할 수도 있어요. 저는 지금 가야 해요. 나중에 당신이 성공했는지 나한테 알려주실래요?"

• *Dobri den, Pani Jabłońska. Menya zovut Beatriz, ya drug…*
▪ *Kuryer priyedet v pyatnitsu. Pazhaluysta, otdayte korobku kuryeru.*

러시아어로 메시지를 보내도 응답이 없다. 다음 날 아침 일찍, 그녀는 러시아어로 된 메시지를 다시 보낼 준비를 하고, 파니 야블론스카에게 전화를 건다. 또 응답이 없다. 그녀는 밤이고 낮이고 때를 안 가리고 전화를 하지만 소득이 없다.

5 폴란드인이 그녀에게 뭘 남길 수 있을까? 그게 무엇이든, 이렇게 소란을 피울 가치가 있을까? 그녀는 그의 쇼팽 녹음을 더 듣기를 원하는 걸까?

미래가 그녀의 앞에 열려 있다. 폴란드인이 그녀를 뒤로 끌고 가려고 한다. 그는 무덤에서 큰 손을 뻗어 그녀를 과거 속으로 끌고 가려고 한다. 그런데 그녀는 굴복할 필요가 없다. 그녀는 그 손을 쳐낼 수 있다. 그녀는 택배회사 직원에게 이렇게 말할 수 있다. **주문을 취소해주세요.** 딸에게는 이렇게 말할 수 있다. **어차피 이해하지도 못할 러시아어로 파니 야블론스카한테 얘기하는 게 너무 불편하네요. 그러니 당신 아버지의 아파트도 팔고 다른 것도 모두 팔고 그것은 없애주세요.** 무덤 속의 남자에게는 이렇게 말할 수 있다. **당신은 나한테 아무 힘이 없어요. 당신은 죽었어요. 죽음은 당신에게 새로운 경험일지 모르지만, 당신은 그것에 익숙해질 거예요. 죽어서 잊히는 것이 흔하지 않은 것은 아니니까요.**

6 그녀는 딸인 에바에게 다시 전화를 건다. "택배회사와 접촉을 했어요. 그 상자를 가져오는 것은 문제가 아니래요. 문제는 파니 야블론스카예요. 전화를 받지 않아요. 잘 모르겠지만 그분에게 무슨 일이 있을 수도 있어요. 그 상자를 택배 직원에게 줄 다른 사람은 없나요?"

"아겐투어*가 있어요. 그들이 아파트를 매매하니 열쇠를 갖고 있어요. 아겐투어에 전화해서 설명하시겠어요?"

"에바, 뭘 설명하라는 거죠?" 그녀의 목소리에 날이 서 있다.

뒤에서 시끄러운 소리가 들린다. "이히 콤!"▪ 에바가

---

* Agentur. 에이전트
▪ Ich komme. '지금 가'라는 뜻.

소리친다. "전화 끊어야 돼요. 아겐투어 전화번호를 보낼
테니 설명해보세요. 안녕히 계세요."

뭘 설명하라는 거지?

7 아파트는 그녀가 기대했던 것과 전혀 다르다. 우선
바르샤바 안에 있지도 않고 외곽에 있다. 그녀는 택
시에서 내려 주차장을 지나고 아이들 셋이 자전거를 타고
작은 흰 개가 컹컹 짖으면서 그들을 뒤따르며 자전거 타이
어를 물으려고 하는 운동장을 지나쳐야 한다. 아파트 단지
는 아무 특색이 없고 바르셀로나의 노동자구역 단지처럼
단조롭게 생겼다. 그는 어째서 하필 여기에서 살았을까?

약속 시간보다 일찍 도착하는 바람에 그녀는 단지를
한 바퀴 돈다. 검정 옷을 입은 늙은 여자가 위층 발코니
에서 수상한 눈초리로 그녀를 노려본다. 10월이다. 나무
들—단풍나무일까?—에서 잎들이 떨어지고 있다.

입구에서 그녀는 중개인을 만난다. 어울리지 않는 양
복을 입은 키가 큰 젊은이다. 그는 그녀와 악수를 한다. 그
의 영어는 초보다.

그녀가 말한다. "와주셔서 감사합니다. 이해하시겠지만 나는 아파트를 사려는 게 아니에요. 뭘 좀 가지러 왔을 뿐이에요. 일 분도 안 걸릴 거예요."

그는 움직이지 않는다. 그가 이해했을까?

"문만 열어주시면 돼요." 그녀가 열쇠로 자물쇠를 여는 몸짓을 한다. "상자를 가져가야 해서요. 그러면 끝나요. 당신은 가도 되고요. 그게 전부예요. 오케이?"

"오케이." 그가 말한다.

문에 문제가 있다. 열쇠고리에 달린 열쇠 중 2-30이라고 표시—그는 그녀에게 아파트 번호 표시를 보여준다—된 열쇠가 열쇠 구멍에 맞지 않는다. 그가 무기력하게 어깨를 으쓱한다. **내가 뭘 할 수 있나요?** 이런 표현이다.

그녀는 그에게서 열쇠고리를 받아들고 다른 열쇠로 시도해본다. 문이 열린다. "봤죠?" 그녀가 말한다.

그녀가 들어가고 중개인이 따라온다.

그녀는 마호가니 가구, 음울함과 먼지와 삐걱대는 책장이 있고 구석에는 거미들이 있을 거라고 생각했었다. 그런데 구석에 있는 상자 더미와 네 개의 포개진 플라스틱

의자들을 제외하면 앞방에는 아무것도 없고, 커튼이 떼어진 탓에 햇빛이 쏟아져 들어오고 있다.

그녀는 작은 부엌과 너무 낡아 갈색으로 변한 비닐 샤워 커튼이 있는 욕실을 들여다본다.

"이게 그 아파트가 확실한가요?" 그녀가 묻는다.

중개인이 2·30 열쇠를 다시 보여준다. 맞지 않는 그 열쇠.

문득 모든 것이 속임수, 악의적인 속임수일지 모른다는 생각이 든다. 아파트도 맞지 않을 뿐만 아니라 아파트 단지도 맞지 않고 구역도 맞지 않고 심지어 중개인도 맞지 않을지 모른다. 오직 한 사람만이 꾸밀 수 있는 속임수. 베를린에 있는 딸 에바. 에바가 악의에서 말도 안 되는 짓을 그녀에게 하도록 했는지 모른다. **이 베아트리스라는 여자가 누구지? 아버지의 많은 여자 친구들 중 하나겠지.**

그러나 그녀의 생각이 틀렸다. 속임수는 없다. 두 번째 방은 아주 어지럽다. (싱글) 침대 하나, 두 개의 옷장, 해바라기 조화가 꽂힌 꽃병이 놓인 다리미 탁자, 화려한 금박 틀이 있는 거울, 아주 인상적인 타자기가 놓인, 뚜껑

154

달린 조립식 책상이 있다.

또 다른 부엌과 또 다른 화장실이 딸린 세 번째 방도
있다. 이 방에는 피아노를 제외하면 아무것도 없다. 한쪽
벽에는 액자에 넣어진 1991년 위그모어 홀* 연주회 홍보
포스터가 붙어 있다. 젊었을 때의 폴란드인이 먼 곳을 멍
하니 응시하고 있는 사진이다. 피아노 뚜껑 위에는 프록코
트를 입은 남자에게서 엄숙한 모습으로 무슨 상을 받는 젊
은 비톨트의 흑백 사진과 요한 세바스찬 바흐의 석고 흉상
이 있다. 그리고 반짝이는 이브닝드레스를 입고 한 줄로
늘어선 여자들 사이에서 손을 맞잡고 있는 더 최근에 찍은
비톨트의 사진도 있다. 그녀는 거기에서 자기 모습을 발
견하고 깜짝 놀란다. 마가리타를 제외한 2015년의 콘서트
서클 여자들 사진이다! 그녀는 그 사진을 전에 본 적이 없
다. 어디에서 그걸 구했을까?

"저길 보세요!" 그녀가 손가락으로 가리키며 말한다.

---

* 런던 위그모어가에 있는 콘서트홀. 1901년 토머스 에드워드 콜커트가 디자
인했고, 특히 음향 효과가 좋은 연주회장으로 알려져 있다.

중개인이 그녀의 어깨 너머로 바라보며 말한다. "당신
이네요."

그녀가 말한다. "맞아요, 나예요." 진짜로 그렇다. 해
마다 자기도 모르는 사이에 자신의 모습이 이 낯선 도시의
음울한 지역에 희미한 빛을 드리우고 있었던 거다.

그런데 상자는 어떻게 된 걸까? 연락이 안 되는 파니
야블론스카가 그녀를 위해 준비했다는 값진 상자, 그녀에
게 대륙의 반을 가로지르게 만든 그 상자는 어떻게 된 걸
까?

앞방에 있는 상자들―족히 스무 개는 되는 것 같다―
에는 그녀가 알아볼 수 없는 표시가 돼 있다. 그녀가 젊은
남자에게 말한다. "나 좀 도와줄래요? 이 상자에 뭐가 들
어 있는지 말해줄 수 있나요?"

젊은 남자가 재킷을 벗고 행동한다. "이것… 이것…
이것은 책들이네요. 이것만… 이것은 책이 아니네요." 그
는 상자 더미에서 두 개의 상자를 빼낸다. 그는 부엌칼로
상자를 개봉한다. 장뇌 냄새가 나는 남자 옷, 요리기구,
약, 잡동사니가 들어 있다. 그녀를 위한 것은 아무것도

없다.

"이것을 찾으세요?" 중개인이 말한다. 그가 글씨가 쓰인 작은 회색 상자를 내민다. 그녀는 글씨를 읽는다. WITOLD WALCZYKIEWICZ 19. VII. 2019. 그녀는 상자를 연다. 단지가 있고 유골이 담겨 있다.

"어디에서 찾았어요?" 그녀가 묻는다.

중개인이 부엌에 있는 선반을 가리킨다.

"다시 갖다 놓으세요."

그녀는 에바에게 전화해 메시지를 남긴다. "에바, 나는 당신 아버지의 아파트에 와 있어요. 부동산 중개인하고 같이요. 그런데 파니 야블론스카의 상자를 찾을 수가 없네요. 빨리 전화 좀 해줘요."

중개인이 한가롭게 피아노 건반을 따라 손을 움직인다. 앉으려고 하지만 피아노 의자 때문에 앉을 수가 없다. 그가 피아노 의자 속에서 골판지 서류 상자를 꺼낸다. 상자에는 베아트리스의 이름과 살라 몸푸의 전화번호가 적힌 딱지가 붙어 있다.

그녀가 상자를 연다. 묶이지 않은 종이들. 바인더 하

나. 수영복을 입고 넓은 밀짚모자를 쓴 그녀의 사진. 십 년 전에 찍은 사진이다. 그가 소예르에 있는 집에서 훔친 게 틀림없다.

그녀가 말한다. "이거예요. 우리가 찾던 것이 바로 이 거예요. 고마워요. 고마워요. 너무 고마워요. 당신은 이제 가도 돼요. 나는 잠시 남아 있을 게요. 나갈 때 문을 잠글 게요. 괜찮을까요?"

젊은 남자는 의심스러워하는 것 같다. 그는 그녀를 신뢰하지 않는 걸까? 그녀가 손을 내밀자, 그가 잠시 머뭇거리다가 손을 잡는다. "고마워요. 굿바이. 도 빗제냐.•" 그녀는 그가 떠나는 모습을 지켜본다.

8   그녀는 종이들을 살펴본다. 두 사람 사이에 오간 한 움큼의 이메일 출력물 말고는 없다. 그녀는 바인더를 연다. 아무래도 폴란드어로 된 시 같다. 각각의 시는 다른 종이에 타자기로 쳐서 I–LXXXIV로 번호가 매겨져

• Do widzenia. 폴란드어로 굿바이란 뜻.

있다.

그렇다면 이것이 점점 덜 유명해진 피아니스트 비톨트 W가 그녀에게 남긴 것이다. 음악이 아니라 일종의 원고. 이곳은 그가 그걸 준비하면서 살았던 곳이다. 그가 태어난 도시의 특징 없는 구역에 있는 우울한 작은 아파트. 당황스럽다. 그러나 어쩌면 그는 여기를 수도사의 방, 세상으로부터의 도피처로 생각했을지 모른다.

그녀는 시들을 넘기며 혼란스러운 자음들 사이에서 그녀의 이름을 찾아낸다. 여러 곳에 이름이 있다. 그런데 베아트리스*가 아니라 베아트리체■다. 따라서 무명의 단테 추종자가 묶어놓은 베아트리체에 관한 책이다.

9 그녀는 피아노 의자 속에 모든 것을 다시 넣고 경매장에 가져가도록 할 수 있을 것이다. 아니면 그것을 앞방에 있는 다양한 쓰레기 상자들 사이에 놓아둬 폴란드

- Beatriz
■ Beatrice

의 시골 황무지 어딘가에 있는 쓰레기장에서 음식 포장지, 오렌지 껍질, 스티로폼과 함께 삶을 마감하도록 할 수도 있을 것이다. 그녀는 그렇게 하고 등 뒤로 문을 (탁!) 닫고 택시를 불러, 프랑크푸르트를 거쳐 바르셀로나로 가는 늦은 오후 비행기 시간에 맞춰 공항에 가서, 폴란드인과 그의 베아트리체 책을 다시는 생각하지 않을 수도 있을 것이다.

또는 시를 갖고 바르셀로나에 가서 누군가에게 번역해 달라고 하고 고급 종이에 수작업으로 한정판 10부만 제작해서 『W. W.의 엘 리브로 데 베아트리스』*라는 책으로 출판할 수도 있을 것이다. 한 부는 그녀, 즉 베아트리스 또는 베아트리체가 창녀가 아니었다는 것을 증명하기 위해서 베를린에 있는 딸에게 주고, 나머지는 그녀가 죽은 다음 그녀의 아들들이 찾아내서 어머니가 원숙한 나이였을 때도 어떤 높이와 어떤 깊이의 열정을 불러일으킬 수 있었는지 알도록, 벽장 깊숙이 숨겨놓을 것이다.

• 『베아트리스 책』, W. W. 지음.

어떻게 하지? 시들을 갖고 갈까, 아니면 여기에 놓아
둬버리고 잊을까? 그 남자는 죽었다. 딸은 신경 쓰지 않는
다. 자신 말고는 답변할 사람이 없다.

10 그녀는 단테를 읽어야 한다. 그녀가 받은 교육은
그녀를 그렇게 멀리까지 가게 하지 않았다. 그녀는
그를 그린 그림, 그 유명한 그림은 알지만 시는 모른다. 폴
란드인과 다르지 않은 얼굴. 똑같은 찡그림.

그녀가 언젠가 그에게 얘기했다. **당신은 더 웃어야 해
요. 당신은 웃을 때 보기 좋아요. 웃는 법을 배울 수 있다면
사람들이 당신에게 따뜻해질 거예요.**

11 그녀도 그가 남긴 것이 손에 들어오자 폴란드인을
향해 마음이 따뜻해지고 있다. 그녀는 거대하고 희
망 없는 열정에 매달리지 않는다. 그건 분명히 그녀의 체
질이 아니다. 그러나 그것이 다른 사람들이 가진 거대한
열정에 감탄하지 않는다는 말은 아니다. 그가 그녀를 잊지
않았고, 아니 잊기는커녕 오히려 시로 그녀를 찬양했다는

사실을 알게 되자 기쁘다. 그의 베아트리체. 그것이 쉬웠을 리가 없다. 스페인어로도 운을 맞추려면 기술이 필요하다. 폴란드어로 그렇게 할 생각을 하다니!

12 그녀는 딸하고 얘기하고 싶다. 전화로 들으니 딸은 차갑고 배려심이 없는 것 같다. 그러나 그녀가 말하는 영어에 독일어 억양이 들어가서 그런지도 모른다. 그녀는 엄청 바쁘다는 그녀의 베를린 레스토랑에 들를 수도 있을 것이다. 안녕하세요, 에바. 내 소개를 할게요. 나는 당신 아버지의 바르셀로나 레이디 친구였던 베아트리스예요. 시간이 있다면, 부엌에서 할 일이 없다면, 앉아서 얘기 좀 할까요? 당신은 어쩌면 나라는 사람이 유명한 남자들의 몸에 발톱을 박고 피를 빨아먹는 하르피아* 중 하나라고 생각할지 몰라요. 그런데 당신은 틀렸어요. 전혀 그렇지 않아요. 나는 당신 아버지의 관심을 끌려고 하지도 않았어요. 나와 사랑에 빠진 것은 그였어요. 나는 그의 면전

* 그리스 신화에 나오는, 여자의 머리와 날카로운 발톱을 가진 새.

162

에 대고 문을 닫을 수도 있었지만 그러지 않았죠. 나는 그를 부드럽게, 최대한 부드럽게 대했어요. 내가 그에게 남긴 대부분의 기억들은 행복한 것들이었어요. 날 못 믿겠다면 이것을 보세요. 그가 나를 위해 쓴 시들이에요.

13 시간이 가고 있다. 오후 세 시다. 오늘 밤 자기 침대에서 자고 싶다면 서둘러야 한다. 바르샤바에서 밤을 보내고 아침에 비행기를 탈 수도 있을 것이다. 그녀는 이 아파트에서 편안하게 있다가 인근을 둘러보고 어딘가에서 식사를 하고 진짜 폴란드 음식을 먹고(어떤 음식일까? 피순대, 삶은 감자, 소금에 절인 양배추?), 죽은 사람의 침대에서 잘 수도 있을 것이다. 그런데 현실적인 문제가 있다(전기도 없고 침구도 없다). 그러나 그것은 극복하기 어려운 것이 아니다. 만약 그 남자가 그녀 때문에 고통스러워했다면, 그녀를 그리워했다면, 그녀도 조금은 고통스러워해야 하지 않을까?

14 그녀는 남편의 전화에 메시지를 남긴다. **바르샤바
에서 자고 내일 돌아갈게.**

15 자전거를 타던 아이들은 개와 함께 가버리고 없다.
그녀는 주변을 둘러본다. 볼 만한 것도 없고, 그녀
의 나라에 없는 것도 없다. 그녀는 초라한 작은 가게(간판
을 보니 **슈퍼마켓**이라고 되어 있다)에서 말린 살구, 비스킷,
물 한 병을 산다. 그녀는 아파트로 돌아와서, 마지막 햇빛
이 있을 때 상자에서 모직 스웨터와 코르덴 바지를 꺼낸
다. 그녀의 잠옷인 셈이다. 단수가 되지는 않아 씻을 수는
있다.

16 그녀는 꿈을 꾸지 않고 잔다. 그녀는 꿈을 꾸지 않
는다. 그러나 그녀는 자다가 아파트에 누군가가 있
는 것을 느끼고 잠깐 잠에서 깬다. "비톨트, 당신이라면
이리 와서 내 옆에 누워요." 그녀는 어둠에 대고 속삭인
다. 아무런 움직임도 없고 소리도 없다. 그녀는 다시 잠이
든다.

17 아침에 그녀는 택시를 불러 9시까지 공항에 간다. 비행기 시간이 많이 남았다. 그녀는 그 시간을 이용하여 한가롭게 아침을 먹고 마사지를 받고 매니큐어를 바른다. 오후 여섯 시쯤 그녀는 편안하고 미소를 머금은 채 집에 가 있다.

그녀의 남편이 말한다. "메시지 받았어. 여행은 어땠어? 내가 질투해야 하는 거야?"

그녀가 말한다. "그 남자는 죽었어. 그런데 어떻게 질투를 할 수 있어?"

그가 말한다. "사랑이 멀어졌다고나 할까. 그 사람 때문에 당신의 애정이 식었던 건 아니야?"

"웃기는 소리 마. 나는 그 사람을 사랑한 적이 없어. 그가 나를 사랑했던 거야. 일방적인 연애였어. 그게 전부야."

"그런데 상자, 그토록 얘기하던 그 상자를 가져온 거야? 그 안에 뭐가 들어 있었어?"

"오해가 있었어. 내가 딸이 한 말을 오해한 거야. 나는 개인적인 뭔가를 기대하고 있었는데, 그가 남긴 것은 그가 쇼팽에 대해서 폴란드어로 쓴 책뿐이더라고. 유품이랄까,

기념품."

"그렇다면 여행은 시간 낭비였군 그래."

"꼭 그렇지만도 않아. 폴란드를 조금이나마 볼 수 있어서 좋았어. 비톨트가 살았던 곳에도 가봤고. 작별 인사를 할 수도 있었고."

"그가 당신에게 중요했던가 보네."

"아니, 중요하지 않았어. 그 사람 자체는 말이지. 그러나 여자라면 이따금 확인할 필요가 있어. 아직도 자신이 매력이 있는지 증거가 필요하니까."

"내가 그 증거를 주지 않나?"

"그래, 당신이 그렇게 하지. 그러나 충분치는 않아."

18 **중요하지 않다.** 그녀는 거짓말을 하는 걸까? **나는 그를 사랑한 적이 없어.** 사실이다. **그는 나를 사랑했어.** 사실이다. 그중 어디에 거짓이 있을까?

남편이 그녀에게 숨기는 비밀들이 있듯, 그녀도 남편에게 숨기는 비밀들이 있다. 좋은 결혼 생활은 두 사람이 비밀을 가질 권리를 서로에게 인정해주는 것이다. 그녀는 좋은 결혼 생활을 하고 있다. 마요르카에서 있었던 일은 그녀의 비밀 중 하나다.

그녀의 남편은 경험이 많은 남자다. 그는 **우리는 연인이 아니었다**는 말이 얼마나 광범위한 말인지, 그것이 뭘 포함하고 뭘 배제하는지 안다. 그것은 **나의 마음은 그의 것**이라는 사실을 배제한다. 그녀의 마음은 폴란드인의 것인 적이 없다.

19 유품이라고 했던 쇼팽에 관한 책은 허구가 아니다. 그녀는 아파트에 있던 상자 중 하나에서 그것을 꺼내 가져왔다. 남편에게 이렇게 말할 수 있도록. **이것 봐, 이것이 나에게 남긴 그의 마지막 선물이야.**

5장

1 그녀는 폴란드어를 스페인어로 바꿔주는 번역 프로
그램에 여든네 편의 시 중 첫 번째 것을 입력한다.
점과 획과 소용돌이 모양의 글씨를 하나하나 꼼꼼히 쳐서
넣는다. 그런데 버튼을 누르고 나니 말이 안 되는 게 나온
다. 시에는 세 남자가 나온다. 호머, 단테 알리기에리, 그
리고 동물—추정컨대 개다—을 데리고 그들의 발자취를
찾아 혼잡한 도시들을 기웃거리며 사람들에게 돈을 구걸
하는 이름 없는 떠돌이. 이 거지는 그에게 평화를 가져다
주는, 아름다운 핑크색 점이 있는 여자를 만난다. 그 후 그
는 그가 태어나고 죽은 도시인 바르샤바에 가서, 그에게

길을 안내해줬던 시인—호머일까? 단테일까?—을 찬미하는 노래를 부른다.

거지는 분명히 폴란드인 자신이고, 그녀, 즉 베아트리스는 아마 점이 있는 여자다. 그런데 왜 점이지? 그녀에게는 점이 없다. 점은 무슨 상징일까? 어쩌면 그녀의 옷이 가리고 있는 숨겨진 결함에 대한 상징일까?

그녀는 컴퓨터가 완전하게 번역할 것이라고 기대하지 않는다. 그녀가 원하는 것은 이런 질문들에 대한 답일 뿐이다. 시의 어조가 긍정적인가 부정적인가? 찬사인가 비난인가? 연인에 대한 헌사인가? 아니면 거절당한 연인의 비통한 작별의 말인가? 아주 단순한 질문이지만, 컴퓨터는 멍청한 것만큼이나 무감각하다.

2 토마스, 즉 언제나 그녀와 더 가까웠던 큰아들이 아내와 아이와 함께 점심을 먹으려고 온다. 식사가 끝나고 그와 단둘이 얘기할 기회가 생긴다. "혹시 네가 아는 사람 중에 폴란드어 할 줄 아는 사람 있니? 번역할 게 좀 있어서 그래."

"폴란드어요? 없는데요. 정확히 뭘 번역하시려는 거죠?"

"토마스, 얘기하자면 길다. 상당히 오래전에 나한테 푹 빠졌던 폴란드 남자가 있었어. 그가 최근에 죽었는데, 그의 딸이 나를 향해 쓴 게 분명한 시들을 본 거야. 그래서 그 딸이 그걸 나에게 준 거지. 거창한 시는 아닌 게 확실하지만, 그런 것들을 그렇게 공들여 썼는데 아무도 그걸 읽어주지 않는다고 생각하면 슬프잖니. 컴퓨터로 해보려고 했지만, 그것이 감당하기에는 그 언어가 너무 복잡해."

"주변에 물어볼게요. 비크*에 있는 대학에 아는 사람이 있어요. 언어 교육을 전문으로 하는 팀이 거기에 있어요. 스태프 중에 폴란드어 전문가가 있을지도 모르죠. 알아볼게요. 그 폴란드인이 어머니와 사랑에 빠진 건가요? 그가 누구였나요?"

"아주 잘 알려진 피아니스트였어. DGG*에서 리코딩

• 바르셀로나 근교에 있는 소도시. 중세 축제가 열린다.
▪ 1898년 설립된 유명한 클래식 음반 제작사 도이치 그라모폰 게젤샤프트를 말한다. 현재의 모기업은 유니버설 뮤직 그룹.

도 했고. 우리는 그가 서클을 위해 연주하러 왔을 때 만났지. 그는 나에 대해 다소 비현실적인 생각을 갖고 있었지. 나한테 자기와 같이 브라질에 가자고 했었다."

"그런 식으로 어머니에게 모든 것을 포기하고 달아나자고 했단 말인가요?"

"홀딱 빠졌던 거지. 나는 그를 진지하게 여기진 않았다. 그런데 지금 이런 시들이 있단 말이다. 나는 약간의 죄의식을 느낀다. 이 시들을 읽어야 할 의무도 있는 것 같고. 여하튼 한번 찾아봐. 네 아버지한테는 아무 얘기도 하지 말아라. 문제를 복잡하게 만들 뿐이니까."

3 이튿날 토마스가 전화를 한다. 안타깝게도 비크에서는 폴란드어를 가르치지 않는다고 한다. 그곳 사람들이 폴란드 영사관에 가보라고 제안했다고 한다.

폴란드 영사관 웹사이트에서 그녀는 공인된 번역가들의 간략한 명단을 찾는다. 그녀는 목록에 있는 첫 번째 사람—클라라 베이스 우리자, 학사(트리스테), 번역사(밀라노)—에게 전화를 한다. "폴란드어로 된 문서가 있는데 번역 비용이 어떻게 되나요?"

"어떤 문서냐에 달려 있어요. 법적 서류인가요?"

"시예요. 다 합해서 84편이에요. 대부분은 아주 짧아요."

"시라고요? 나는 문학 번역가가 아니에요. 보통은 상업적, 법적 서류를 번역하죠. 그래도 한번 보내보세요. 내가 뭘 할 수 있는지 보게요."

"내가 직접 시들을 가져다주고 싶어요. 그것이 돌아다니는 것을 원치 않거든요."

"나는 낮에는 여행사에서 일하고 있어요." 그녀는 람블라스 거리에 있는 여행사 이름을 알려준다. "거기에 놓고 가시면 돼요."

"당신을 직접 만나 일처리를 하고 싶어요. 그게 가능하지 않다면 그렇다고 말해주세요. 다른 방법을 찾아볼 테니까요."

4 그녀는 일요일에 택시를 타고 그라시아에 있는 베이스 부인의 집으로 간다. 베이스 부인은 가슴이 크고

머리가 희끗희끗한 여자다. 그녀는 이탈리아어 억양으로 카스티야어*를 빠르게 발음한다. 아파트가 무척 덥다. 그럼에도 그녀는 스웨터를 입고 있다.

그녀는 커피와 너무 달짝지근한 케이크를 내놓는다. 그녀가 말한다. "나는 시를 번역해본 적이 없어요. 너무 현대적이지 않으면 좋겠네요."

그녀, 즉 베아트리스는 처음 열 편의 시를 복사한 것을 건넨다. "저자는 바르샤바에 사는 아는 사람이에요. 지금은 세상을 떠났고요. 그는 전문 작가는 아니었어요. 시의 질이 어떤지는 모르겠어요."

베이스 부인이 말한다. "당신이 원하는 건 뭐죠? 출판하기 위해 번역하려는 건가요?"

"아뇨, 전혀 아니에요. 우리, 그러니까 그의 딸과 나는 이걸 책으로 낼 생각은 없어요. 우선 시에 무슨 내용이 담겨 있는지, 무엇에 관한 것인지 알고 싶어서 그래요."

베이스 부인이 시를 넘겨보며 고개를 젓는다. "이 시

• 스페인 중부 지방에서 사용하는 스페인어.

176

들을 번역해줄 수는 있겠어요. 폴란드어를 스페인어로 바꿔줄 수는 있어요. 그런데 '시가 어떤 것에 관한 것이고 그것이 무슨 의미인지'는 말해줄 수 없을 것 같아요. 내 말이 무슨 말인지 아시겠어요? 보통 나는 법적 서류와 계약서를 번역하죠. 계약서를 번역할 때는 정확한 번역이라고 장담할 수 있어야 해요. 공인된 번역가에게 요구되는 것이 바로 그것이니까요. 그런데 계약서를 해석하고 그것이 무슨 의미인지 말하는 것은 내 일이 아니에요. 그건 변호사가 할 일이죠. 내가 내 입장을 분명히 했나요? 그러니 내 일은 당신에게 이 시들을 번역해주는 거죠. 그런 다음 당신이 그것이 무슨 의미인지 결정하세요."

"아주 좋아요. 비용은 얼마나 들까요?"

"시간당 75유로가 정상적인 가격이에요. 모두가 똑같아요. 얼마나 시간이 걸리겠냐고요? 당신이 한 페이지에 하나씩, 80편이 있다고 했으니, 열 시간쯤, 스무 시간쯤, 아마 더 걸릴지도 몰라요. 잘 모르겠어요. 나한테 시는 새로운 영역이라서요."

"어떤 시들은 한 페이지가 넘으니, 백 페이지쯤 될 것 같아요. 첫 번째 시를 지금 번역해줄 수 있나요? 거칠게 해도 좋아요. 내가 어조에 대한 감을 잡을 수 있도록 말이죠. 시간으로 계산해드릴게요."

"첫 번째 시는 이렇네요. 독자는 이 남자가 오랫동안 돌아다녔고 많은 도시에서 하프를 연주했고 동물들과 대화를 나눴다는 것을 알아야 한다. 독자는 이 남자—그는 남자의 이름을 밝히지 않네요—는 호머와 단테의 발자취를 따라가며 어두운 숲속에 머무르고 검붉은 바다를 건넜다는 것을 알아야 한다. 다음 시는 이렇게 되어 있어요. 그는 어떤 여자의 다리 사이에서 완벽한 장미를 찾아냈고 궁극적인 평화에 도달했다. 그는 자신이 태어나고 죽은 도시 바르샤바에서 노래를 부른다. 그는 그에게 길을 알려준 여자를 찬미하는 노래를 부른다."

여자의 다리 사이라니. 점에 관한 언급은 없다. 개에 대한 언급도 없다. "그게 끝인가요?"

"끝이에요."

"두 번째 시도 번역해줄 수 있나요?"

"인용구가 있네요. 페르 엔트로 이 미에 디시리, 케 티

메나바노 아드 아마르 로 베네.* 당신이 나를 향해 느낀 사랑이 당신을 선善에 대한 사랑으로 이끌었지. 이탈리아어 고어로 된 단테의 말이네요. 시는 이렇게 되어 있어요. 그는 패션 감각이 있는 멋쟁이 젊은이였을 때, 어떤 여자를 바라보는 것을 좋아했지만 그녀를 가질 수도 그녀를 소유할 수도 없었다. 그녀의 목이 드러나고, 그녀의 치마가 펄럭인다. 모든 욕망, 남성의 욕망은 은밀한 부위에서 위로 올라가고, 그의 피와 그의 뭔가―스페인어로 적절한 말을 찾아봐야 할 것 같아요. 의학 용어네요―를 통해 그의 눈 속으로 들어간다. 그는 그녀를 바라보며 눈으로 그녀를 소유한다. 그리고 공적인 모임에 가면 아름다운 여자를 택해 비옴보나 판타야*로 이용한다. 어떤 종류의 커튼이나 연막인지는 확실하지 않다. 그는 베아트리체라는 이름을 가진 멀리 있는 사람, 멀리 있는 여자, 라 모데스타◆ (그는 이탈리아어나 스페인어를 사용하네요. 똑같아요.)를 눈으로 삼

---

* Per entro i mie' disiri, che ti menavano ad amar lo bene.
* biombo or a pantalla. 연막이라는 의미.
◆ la modesta. 겸손한 이

킨다. 그는 우아함과 선과 더불어 겸손함이 그녀의 최고 미덕이라고 말한다. 그러면서 말한다. 나는 운이 없었다. 너무 늦게 온 데다 너무 멀리 떨어진 곳에 살았다. 기억 속에서 날갯짓을 하는 새처럼, 나의 눈에는 그녀의 모습만이 있었다. 이 시는 어렵네요. 처음 것보다 훨씬 더 어렵네요. 내가 상당한 노력을 기울여야 할 것 같아요."

"감사합니다. 당신 말처럼 어려운 시군요. 나도 이해 못 하겠어요. 비용을 지불할게요. 가서 생각해볼게요. 전체를 번역할지 말지 말이죠."

그녀는 비용을 계산해 지폐로 지불한다.

베이스 부인이 말한다. "그는 베아트리체라고 말하고 있어요. 그건 당신이 아니에요. 시인 단테의 여자 친구니까요."

그녀가 말한다. "맞아요. 시에 나오는 베아트리체는 죽은 지 오래됐어요. 나는 아직 살아 있고요. 안녕히 계세요. 결정하는 대로 알려드리죠."

베이스 부인과 그녀 사이에 공모하는 듯한 미소가 지나간다.

5 당신이 나를 향해 느낀 사랑이 당신을 선에 대한 사
랑으로 이끌었지. 그는 이것을 다음처럼 썼어야 했
다. **내가 당신을 향해 느낀 사랑이 나를 선에 대한 사랑으
로 이끌었지.** 그랬더라면 의미가 더 명확해져, 사랑하는
사람과 헤어져야 했던 그는 이별의 고통을 자신을 더 좋은
사람으로 만드는 작업으로 만들었다는 의미가 되었을 것
이다.

단테와 베아트리체. 그는 잘못된 신화를 사용하고 있
었다. 방향이 틀렸다. 그녀는 베아트리체도 아니고 성인도
아니다.

어떤 것이 옳은 신화였을까? 오르페우스와 에우리디
케? 미녀와 야수?

6 그녀는 첫 번째 시, 즉 컴퓨터를 당황하게 만들었지
만 베이스 부인에게는 의미가 아주 분명했던 시로
돌아간다. 호메라 이 단테고 알리기에리*는 분명히 호머

---

* Homera i Dantego Alighieri

와 단테라는 의미이고, 이데알나 로제[*]는 우나 로자 이데알[■], 즉 이상적인 장미라는 의미가 틀림없다. 그렇다면 체스니에 미에드 노가미 예고 파니 오사가욘스 이데알나 로제[◆]는 장미를 찾고 성애적인 사랑을 통해 다다르는 초월에 관한 것임이 틀림없다. 그런데 **그녀의 다리 사이에서** 그것을 찾다니. 너무 천박한 표현이다! 베이스 부인이 그 말을 하면서 멈칫했던 것도 놀랄 일은 아니다. **내가 어디로 끌려들어가는 거지?** 그녀는 속으로 이렇게 생각했음이 틀림없다. **이후에 더 나쁜 것도 나올까?**

처음에는 파니 야블론스카, 다음에는 베를린에 사는 딸 에바. 그리고 지금은 베이스 부인이다. 범위가 넓어지고 있다. 파니 야블론스카는 스페인에 사는 미지의 여자를 위해 원고를 떼어놓으면서, 그것을 슬쩍 들여다보고 첫 페이지부터 나오는 현란한 애정 표현에 충격을 받았을 게 틀림없다. 에바는 보지 않았다고 했지만 보았을 게 틀림없

* idealną różę
■ una rosa ideal
◆ wcześniej między nogami jego pani osiągając idealną różę

182

다. 그녀가 전화로 그토록 거만하게 굴었던 것도 놀랄 일은 아니다! 너무 굴욕적이다! 너무 화가 난다!

7 그녀, 즉 베아트리스는 교양 있는 집안 출신이다. 그녀의 할아버지, 즉 그녀의 아버지의 아버지는 살라망카대학에 다닐 때 공개적으로 책을 불사르는 것을 목격하고 결코 그것을 잊지 않았다. 그는 그것을 **진짜 야만적인 행위**라고 했다. 때가 되어 그는 법학 교수가 되었고 상당한 장서를 갖게 되었다. 그것은 그가 죽은 후 그의 큰아들, 즉 그녀의 큰아버지 페데리코의 것이 되었다. **책을 불사르는 것은 사람들을 불사르는 것의 전주곡이야.** 그녀의 할아버지는 이렇게 말하곤 했고, 그 말은 가족의 전설이 되었다. 그는 그녀가 다섯 살 때 세상을 떠났다. 그녀는 그를 거친 턱수염을 기르고 상아로 된 손잡이가 달린 지팡이를 짚고 다니던 뚱뚱한 노인으로만 기억한다.

편지를 태우는 것은 책을 태우는 것과는 다르다. 사람들은 날마다 옛 편지들을 태운다. 그들이 그것을 태우는 것은 거기에 흥미로운 게 아무것도 없기 때문이거나 부끄

럽기 때문이다. 예를 들어, 유년 시절의 애인한테서 온 편지들이 그렇다. 일기도 다소간에 마찬가지다. 그러나 폴란드인이 쓴 여든네 편의 시들은 어떤 특별한 의미에서 말고는 편지가 아니다. 또한 어떤 의미에서 말고는 일기도 아니다. 시들을 태우는 것은 오래된 편지를 태우는 것보다 더 책을 태우는 것과 흡사하다. 문제는 시를 태우는 것이 야만적인 행위, 사람들을 태우는 것의 전주곡이냐 하는 것이다.

답은 완전히 명백하지는 않다. 스페인에서 폴란드인은 이름 없는 사람이다. 그의 연애사는 관심의 대상이 아니다. 그러나 폴란드에서는 그가 이름 없는 사람이 아니다. 폴란드에서는 폴란드의 국민 작곡가에 대한 저명한 해석자가 여자의 다리 사이에서 보낸 시간에 관해 얘기하는 것에 어느 정도 관심이 있을 수 있고, 어쩌면 어느 정도의 자부심을 느낄 수도 있을지 모른다. 그의 시들을 태우는 것은 폴란드인들에게 야만적인 행위일 수 있다. 그 시들을 폴란드로, 쇼팽 박물관이나 국립박물관으로 보내 문서 소장품이 되게 하는 게 올바른 처신일 것 같다. 자신의 흔적을 모두 지우고 익명으로 그것들을 보내, 지금이나 나중에 아무도 불쑥 찾아와 문을 두드리며 이렇게 묻지 않도록 말이다. "당신이 베아트리체의 원형인가요? 당신이 비톨트 발치키예비치가 다리 사이에서 영적인 계시를 받았다는 바르셀로나 여자인가요?"

8 며칠 동안 그녀는 그 문제를 곰곰이 생각해본다. 시를 태워버려야 할까? 아니면 반대로 (적지 않은 비용을 들여) 베이스 여사에게 번역하게 해야 할까? 만약 후자라면 그녀는 베이스 부인의 번역을 읽고 예상되는 고통과 모욕을 감수할 준비가 되어 있을까?

그녀는 그 문제를 곰곰이 생각해본다. 그리고 생각이 끝나자, 훌훌 털고 다른 일로 관심을 돌린다. 여든네 편의 시가 든 폴더는 책상의 맨 밑 서랍으로 들어간다.

그러나 시들은 맨 밑 서랍에서도 잊히기를 거부한다. 그것들은 거기에서 서서히 타고 있다.

폴란드인은 마요르카에서 함께 시간을 보낸 후로 오랫동안 그녀를 사랑했다는 것을 그녀에게 얘기하려고 시를 썼다. 그러나 그는 간단하게 이런 메일만 썼어도 똑같은 것을 성취할 수 있었을 것이다. "나의 소중한 베아트리스에게, 내가 끝까지 당신을 사랑했다는 것을 말해주기 위해서 죽음이 임박한 시점에서 당신에게 이 편지를 써요. 당신의 충실한 하인 비톨트 올림." 그렇다면 왜 **시**였을까? 그리고 왜 그렇게 많을까?

답은 한 가지밖에 없다. 그는 자신이 그녀를 사랑한다는 사실을 단지 **말하기** 위해서가 아니라 증명하고 싶었다. 길고 본질적으로 의미 없는 일을 그녀를 위해 함으로써 그것을 증명하고 싶었다. 그러나 왜 하필 시였을까? 길고 의미 없는 일이 잣대라면, 한 톨의 쌀에 산상수훈을 새겨서 화려한 작은 상자에 담아 그녀에게 보냈으면 어땠을까?

답은 이렇다. 그는 그의 시들을 통해서 무덤 너머에서 그녀에게 얘기하고 싶은 거다. 그녀에게 얘기하고 그녀에게 구애해서 그녀가 그를 사랑하고 그녀의 가슴에 그를 살아 있게 하고 싶은 거다.

좋은 사랑이 있고 나쁜 사랑이 있다. 그녀의 책상 맨 밑 서랍에서 **여자의 다리 사이에서** 밤낮으로 불타는 것은 어떤 사랑인가?

그녀는 젊었을 때 충동적으로 행동했다. 그녀는 그것을 믿었기 때문에 충동을 따랐다. 요즘은 더 신중해졌다. 신중한 행동—그것에 대해서는 의심의 여지가 없다—은 불로부터 거리를 지키고 불이 완전히 꺼질 때까지 기다리고, 그때도 여전히 궁금하면 재를 뒤적거리는 것일지 모른다.

9 마요르카에서 그는 그녀와 침대에 같이 있을 때, 그것을 그녀의 장미라고 불렀다. 그때는 그것이 틀렸다고, 틀린 말 같다고 느껴졌다. 지금 시 속에 있는 그것도 틀린 것처럼 느껴진다. 사실 장미는 아니다. 전혀 꽃이 아니다. 그렇다면 무엇일까?

그녀는 아들들이 자라면서 여자들에 관해 끝없이 호기심을 가졌던 것을 떠올린다. 여자들에게 **그것**이 없다면, 여자들에게 무엇이 있을까? 아무것도 아닐 수는 없다. 그러나 아무것도 아닌 게 아니라면 그것이 무엇일까? 호기심이다. 두려움이기도 하다. 욕조에서 서로에게 물을 튀

기며 웃고 소란을 피우고 너무 흥분해 있던 두 아이. **엄마, 그것이 뭐야! 그것이 그것**의 이름이야?

그것. 피와 점액에 싸여 세상의 소음과 빛 속으로 그들이 나온 곳. 그들이 슬피 울었던 것—**너무해! 너무해!**—은 놀라운 일이 아니다. 그들이 다시 돌아가서, 낯익은 옛 둥지에서 웅크리고 그들의 엄지손가락을 빨며 평화롭게 졸려고 아우성쳤던 것도 놀라운 일은 아니다. 그리고 지금은 폴란드인, 덩치가 큰 남자—엄청나게 크다—지만 아이 같기는 마찬가지인 남자가 그녀의 몸과 그녀의 침대에서 당황하고 무서워하기는 마찬가지인 상태로 나온 남자. **그것**. 장미가 아닌 장미.

10 과시. 이것이 남자들이 혼란스러움에 맞서 자신을 방어하는 방식이다. 이제는 성인이요 세상 경험이 많은 그녀의 아들들도 그녀가 알기로는 그렇다. **내가 그 똑똑한 바르셀로나 여자를 가졌지. 내 팔로 으스러뜨렸지.** 내가 그녀의 장미를 뭉개버렸지. 남자와 여자 사이의 원초적이고 끝이 없는 전쟁. **나는 그녀를 가졌지. 그녀는 내 것**

이었어. 그것에 관한 모든 걸 읽어보라고.

그녀는 그에게 상처를 줬다. 그녀는 그의 자존심에 상처를 줬다. 그렇게 모욕당한 후, 그는 모든 힘을 쏟아 진주조개가 그러하듯 상처에 겹겹으로 보호막을 쳤다. 그녀는 그를 침대로 불러들였고, 다음에는 그를 쫓아냈다. 그녀에 대한 그의 복수는 그녀를 얼어붙게 하고 그녀를 미화하고 그녀를 예술의 대상으로 만드는 것이었다. 일종의 베아트리체, 훌륭한 사람으로 숭배받고 사람들이 들고서 거리를 행진하도록. **자비의 어머니랄까.**

11 그러나 만약 그가 그녀에게 복수하기 위해 시들을 썼다면, 열 번째 시에서 영어로 인용한 옥타비오 파스의 명구銘句는 무엇이란 말인가? **사랑의 역설: 우리는 죽게 되어 있는 몸과 불멸의 영혼을 동시에 사랑한다. 몸의 끌림이 없다면 연인은 영혼을 사랑할 수 없을 것이다. 연인에게는 욕망의 대상인 몸이 영혼이다.** 비톨트가 말하고자 한 이야기도 그런 것이었을까? 그녀의 몸에 대한 사랑을 통해서 그녀의 영혼을 사랑하게 된 걸까? 그러나 그것은

왜 **그녀**의 몸이고 왜 **그녀**의 영혼이었을까라는 질문에 대한 답은 아니다.

베아트리체, 진짜 베아트리체로 돌아가보자. 모든 여자들을 젖혀놓고 단테에게 그녀를 선택하도록 한 것은 무엇이었을까? 혹은 마리아로 돌아가보자. 신이 밤에 그녀를 찾아가게 한 것은 은총으로 가득한 마리아의 어떤 점이었을까? 입술의 어떤 선, 눈썹의 어떤 형태, 엉덩이의 어떤 모습이었을까? 어느 순간에 그녀, 즉 베아트리스, 2015년의 결정적인 저녁 식사에 연주자를 데리고 가는 임무를 맡았던 여자가 운명의 여자가 되었을까? **그녀**에 관한 무엇이 그녀를 택하게 만들었을까? 그날 저녁, 그녀 안에 있던 신성한 것은 어디에 있었을까? 그리고 지금은 그녀 안에 있던 신성한 것이 어디에 있을까?

12 난데없이 폴란드에서 전화가 걸려온다. 부 팔레 프랑세, 마담?* 파니 야블론스카는 그녀가 상상했던

---

* Vous parlez français, Madame? 프랑스어 할 줄 아십니까, 부인?(프랑스어)

것보다 훨씬 더 젊고 기운차게 들린다. 더 일찍 전화하지 못해서 미안하지만, 집안에 문제가 있어서 급하게 우치에 가야 했다고 한다. 사실, 지금도 우치에 있다고 한다. 아파트 문을 열어주지 못한 것도 미안하고, 만나지 못했던 것도 미안하다며, 비톨트가 그녀에게 남긴 모든 자료를 가져갔느냐고 묻는다. 비톨트가 너무 보고 싶군요. 에바는 늘 바쁜 사람이에요. 이제는 모든 것을 멀리서 해결해야 하니, 너무 불편하고 안타까워요!

그녀, 즉 베아트리스는 익숙하지 않은 언어로 쏟아지는 말들을 듣고 있을 기분이 아니다(앙 푸 풀리 랑티망, 실 부 플래!*). 그러나 그녀가 알고 싶은 것들이 있다. 폴란드 이웃만이 그녀에게 말해줄 수 있는 것들이 있다. 예를 들어 이런 것들이다. 그녀가 폴란드에서 혼자 하룻밤을 보낸 아파트, (그녀의 경험이 중요하다면) 주인이었던 사람의 영혼이 아직도 떠도는 아파트는 어떻게 되었는가? 시와는 별개로 그녀, 즉 파니 야블론스카는 그녀, 즉 베아트리스,

---

* un peu plus lentement, s'il vous plait! 좀 천천히 말해주세요.

바르셀로나의 레이디에게 줄 다른 메시지를 갖고 있는가? (그녀가 다음과 같은 질문을 할 수 있다면) 안타깝게 고인이 된 비톨트가 그의 시들, 특히 장미라는 단어를 은유적으로 사용하는 첫 번째 시를 그녀에게 보여준 적이 있는가?

파니 야블론스카의 말이 이어진다. 당신은 비톨트가 그 단지에 하나가 아니라 서로 붙은 두 개의 아파트를 갖고 있었다는 것을 알아야 해요. 그 사이에 양쪽으로 통하는 문이 있었고요. 모든 것이 저렴했던 1990년대로 거슬러 올라가는 아파트죠. 문제는 제대로 된 서류가 없이 그렇게 됐다는 거예요. 건설업자들이 당시에는 알 라하브*로 일 처리를 해서 그렇죠. 그래서 그 아파트는 주소가 서로 다른 두 개의 아파트로 되어 있어요. 서류가 정리되지 않는 한 팔 수도 없는 거죠. 에바, 가엾은 에바가 독일에서 그걸 처리해야 하는 거예요. 에바가 사람들에게 트럭을 갖고 가서 가구, 책, 비톨트의 피아노를 포함해 모든 것들을 치우라고 했어요. 그래서 이 순간에는 아파트가 비어 있

---

* à l'arabe. '아랍식으로'라는 뜻

죠. 그러나 시장에 내놓을 수가 없는 상태죠. 그게 비극이
에요.

알 라하브, 무슨 뜻일까? 아니면 그녀가 잘못 들었나?

그녀가 말한다. "잠시만요, 비톨트가 나에 대해 얘기
한 적이 있나요?"

오랜, 아주 오랜 침묵이 이어진다. 그녀가 우치로 서
둘러 가야 했다는 이야기가 조작된 것일지 모르고, 파니
야블론스카가 그녀가 상상했던 검은 상복을 입은 쭈글쭈
글하고 작고 늙은 폴란드 과부가 전혀 아닐 수 있으며, 비
톨트의 이웃이라는 말도 양쪽으로 통하는 문이 달린 이중
아파트에 관한 얘기와 관련이 없지 않은 미묘한 완곡어법
일지 모른다는 생각이 문득 든다.

그녀가 침묵을 깨며 말한다. "그가 아무 말도 하지 않
았다면 상관이 없습니다. 연락해주셔서 감사합니다. 아주
친절하시네요."

파니 야블론스카가 말한다. "잠깐만요. 달리 알고 싶
은 것은 없나요?"

"비톨트에 관해서 말인가요? 없습니다, 부인, 그렇게

생각하지 않습니다. 알아야 할 것은 다 알고 있으니까요."

13 **달리 알고 싶은 것은 없나요?** 그 여자는 뭘 애기하 겠다고 겁을 줬던 거지? 가엾은 비톨트가 얼마나 고통스러워했는지에 대해서? 그가 어떻게 죽음을 맞았는 지에 대해서? 아니다. 그녀는 모르는 편이 낫다고 생각 한다.

그녀가 그 문을 열게 되면 그 안으로 뭐가 쏟아져 들 어올지 누가 알겠는가?

14 그녀는 베이스 부인에게 전화를 한다. "모든 시를 처음부터 끝까지 다 번역하기로 했어요. 택배사를 통해 당신 앞으로 '개인적인 서류'라고 적어, 전체를 다 보 낼게요. 나는 다른 사람이 그걸 보는 것을 원치 않아요. 당 신을 믿어도 될까요?"

"믿어도 됩니다. 시는 내가 잘하는 영역은 아니지만 최선을 다해보겠습니다. 착수금을 주시면 어떨까 싶네요."

"파일에 수표를 동봉하겠습니다. 오백 어떤가요?"

"오백이면 됩니다."

15 일주일 후 베이스 부인한테서 메시지가 온다. 번역이 끝났다고 한다. 비용은 1,500유로라고 한다.

그녀는 오늘 저녁 들러 번역물을 가지러 가겠다고 답장한다.

문을 열어준 사람은 젊은 남자다. "안녕하세요. 시를 가지러 오신 분인가요? 들어오세요. 저는 나탄이라고 해요. 어머니는 아직 집에 안 계세요. 그리 늦지 않으실 거예요. 앉으세요. 시를 보고 싶으세요?" 그가 그녀에게 두툼한 꾸러미를 건넨다. 그녀의 복사물과 깔끔하게 출력한 스페인어 번역물이다. 그녀는 첫 번째 시를 훑어본다. **그녀의 다리 사이에**라는 표현이 아직도 거기에 있다.

나탄이 말한다. "이따금 제가 어머니를 도와줬어요. 시는 사실 어머니의 영역이 아니거든요."

"당신도 폴란드어를 하나요?"

"딱히 그런 것은 아니고요. 다만 폴란드 시를 많이 읽었어요. 폴란드에서는 시가 질병이랍니다. 모두가 걸린 병이지요. 그 시인 이름이 어떻게 되나요?"

"발치키예비치. 비톨트 발치키예비치. 얼마 전에 세상을 떠났어요. 폴란드에 가본 적 있나요?"

"폴란드는 형편없어요. 누가 거기에 가고 싶겠어요? 늘 나빴지만, 지금은 더 나빠졌어요."

그녀는 그들, 즉 클라라와 그녀의 아들이 폴란드를 싫어할 충분한 이유가 있는 유대인들이라는 것을 문득 깨닫는다.

"발치키예비치." 그는 원어민처럼 그 이름을 발음한다. 그녀보다, 그 이름을 가진 사람이 다리 사이에 있었던 그녀보다 낫다. "그는 위대한 시인은 아니죠?"

"시는 그의 영역이 아니었어요. 실제로는 음악가, 피아니스트였어요. 쇼팽 해석자로 유명했죠."

"시들은 아주 평범하더라고요. 그런데 몇 개는 괜찮았어요. 당신에 관한 시인가요?"

그녀는 침묵을 지킨다.

"제 생각에 그는 당신을 사랑했던 것 같아요. 그런데 당신이 폴란드어를 읽을 줄 모른다는 걸 알았다면, 왜 번역해주지 않았을까요?"

"폴란드어가 그의 모국어였어요. 시는 모국어로만 쓸 수 있어요. 적어도 나는 그렇게 배웠어요. 내가 그의 시를 읽을 수 없다는 것이 그에게 중요하지 않았는지도 모르죠. 가장 중요한 것은 자신을 표현하는 것이었는지도 모르죠."

"그럴 수도 있죠. 가장 좋은 것은 다른 사람들의 시처럼 건조하고 아이러니하지 않다는 점이에요. 치프리안 노르비트* 아세요? 모르세요? 읽어보셔야 해요. 발치키예 비치는 치프리안 노르비트 같아요. 급이 다를 뿐이죠. 최고의 시—당신도 보게 될 거예요—는 바다 밑으로 잠수해 들어가 대리석상을 보게 되고, 그것이 아프로디테 여신이라는 것을 깨닫는 시죠. 그녀는 그를 보지 않고 그의 너머를 보는 커다란 채색된 눈을 갖고 있어요. 으스스하죠. 어딘가에서 읽은 적이 있는데, 지중해는 옛 난파선에서 나온 동전, 조각상, 도기, 와인병 같은 것들로 꽉 차 있다고

---

* Cyprian Norwid(1821~1883): 폴란드 시인, 극작가, 화가, 조각가. 비극적이고 가난에 시달린 삶을 살았지만 가장 중요한 폴란드 낭만주의 시인 중 하나로 꼽힌다.

하더라고요. 저도 그리스 해안에서 잠수를 해보고 싶어요.
행운이 따를지 모르니까요."

"비톨트는 운이 안 좋았어요."

젊은이가 그녀를 이상하게 쳐다본다.

"내 말은 그가 운 좋은 사람이 아니었다는 말이에요.
잠수를 했다면 여신을 발견하지 못했을 거라는 거죠. 빈손
으로 나왔을 거예요. 아니면 빠져 죽었든지. 그는 그런 사
람이었어요. 당신은 뭘 전공하나요?"

"경제학요. 우리 어머니 말대로 저한테 맞는 것은 아
닌데 요즘은 그래야 해요. 성공하기 위해서는."

"나한테 아들이 둘 있어요. 당신보다 약간 나이가 많
죠. 그들은 경제학을 전공하지 않았지만 아주 잘살아요.
성공했고요."

"뭘 전공했죠?"

"하나는 생화학을 전공했고 다른 하나는 공학을 전공
했어요."

그녀가 아들들에 대해 얘기할 수 있는 게 더 있다. 훨
씬 더 많다. 그러나 그녀는 말하지 않는다. 그녀는 아들들

이 자랑스럽다. 그들이 일찍부터 자신들의 삶에 책임감을 갖는 것이 자랑스럽다. 그들에게 삶은 단호하고 현명하게 관리할 필요가 있는 사업인 것 같다. 그들은 둘 다 아버지를 닮았다. 아무도 그녀를 닮지 않았다.

청년이 말한다. "시를 갖고 뭘 하실 건데요? 책으로 내실 건가요?"

"그렇지 않아요. 당신 말대로 별로 안 좋다면—당신 말이 틀림없이 맞을 거예요—누가 그걸 사겠어요? 아니, 출간하지 않으려고 해요. 그런데 나는 비톨트가 죽기 전에 그에게 그것들을 돌보고 보살피겠다고 약속했어요. 그것을 표현할 더 좋은 방법을 찾을 수가 없네요."

클라라 베이스가 뭔가를 가슴에 듬뿍 안고 도착한다. "늦어서 미안해요. 나탄이 시를 보여줬나요? 당신이 좋아하셨으면 좋겠네요. 일단 시작하니까 우려했던 것만큼 어렵지는 않았어요. 발치키예비치는 흥미로운 사람이더군요. 인터넷에서 그를 찾아봤어요. 당신 말대로 피아니스트였더군요. 그런데 그가 당신에게 젊었을 때인 1960년대에 시집을 낸 적이 있다고 얘기했나요? 우리는 그런 걸 퍼블

이카차 울로트나*, 즉 순간 출판이나 도피 출판이라고 하죠. 그는 그 당시의 정부 당국과 사이가 안 좋았어요."

"나는 그의 초반부 삶에 대해서는 많이 알지 못해요. 이야기하기를 좋아하는 사람이 아니었거든요."

"당신이 폴란드어를 읽을 줄 안다면 폴란드 위키피디아에 전부 나와 있어요."

"수표를 써드릴게요. 천오백에서 선금을 빼면 되죠?"

"맞아요. 천이에요. 자필로 된 메모도 번역했어요. 별지에 했어요. 보시면 알 거예요."

"아. 나는 자필로 된 것들이 시의 일부라고 생각했어요. 수정, 가필 같은 거라고."

"아뇨. 나는 그렇게 생각하지 않아요. 그러나 그건 당신 스스로 판단하실 일이죠."

그녀는 떠난다. 그들, 즉 그녀와 베이스 모자는 다시 만나지 않을 것이다. 안도감. 그들은 그녀에 대해 너무 많은 것을 안다. 그러나 그들이 아는 것은 어느 정도까지일

• publikacja ulotna

까? 그녀가 어떤 남자와 연애를 했다는 것? 그것은 날마다 일어나는 일이다. 그 남자가 상심해서 그녀에 관한 시들을 썼다는 것? 매일 그러는 건 아닐지 모르지만 그런 일도 일어난다. 아니다. 수치스러운 것은 그녀에게 아무도 아니고 비톨트에게 아무도 아닌 클라라 베이스가 비톨트의 영혼에서 일어나고 있었던 것에 접근할 수 있었다는 데 있다. 베아트리스를 위해 시들이 쓰였는데 그녀보다 더 분명하게 접근할 수 있었다는 데 있다. 어떤 번역으로도 전달할 수 없는 폴란드어의 어조, 울림, 뉘앙스, 미묘함이 있을 게 틀림없다는 사실을 고려하면 그렇다. 클라라 베이스는 아무런 노력도 하지 않고 폴란드인의 첫째이자 최고인 독자가 되었다. 그녀의 아들은 두 번째다. 그리고 그녀는 뒤에서 절뚝거리며 따라가는 가엾은 세 번째다.

16 그녀는 클라라가 번역한 것을 처음부터 끝까지 빠르게 읽는다. 모든 시들을 이해할 수 있는 것은 아니지만, 산문으로 된 것은 놀랍게도 명쾌하다. 그러나 끝에 가서 그녀는 가장 중요한 질문에 대한 답을 얻는다. 시

들은 복수의 행위가 아니다. 전혀 아니다. 그것들은 가장 넓은 의미에서 사랑의 기록이다.

그녀는 '다른 세계', '다음 삶'과 같은 문구들이 반복하여 나오는 후반부의 시들을 다시 읽는다. 그 시들은 폴란드인이 죽음을 마주하고 그것이 모든 것의 끝이 아니라는 것을 사신에게 납득시키려고 쓴 것이 틀림없다.

그녀는 그가 현재의 세계, 상실과 슬픔의 세계로부터 자신을 빼내 다음 세계로 데려다줄 어떤 데우스 엑스 마키나*를 생각했을지 상상해보려고 한다. 그러한 이동은 순간적으로, 다소간에 마법처럼 이뤄질 것 같다. 그는 기억들과 소망들을 가진 성숙한 성인으로 내세에 도착하고 그녀, 즉 그의 베아트리체도 도착해 성스러운 결혼 생활을 하게 될 집을 지을 날을 준비하기 시작할 것이다. 그녀는 전율한다. 그는 그녀를 다시 보고 싶어 못 견디겠지만, 그녀는 그가 보고 싶은 걸까? 사실대로 말하자면, 그의 딸이

* deus ex machina. 극이나 소설에서 가망 없어 보이는 상황을 해결하기 위해 동원되는 힘이나 사건.

전화해 그가 죽었다고 알렸을 때쯤, 그녀는 그를 거의 잊은 상태였거나 적어도 그를 더 이상 활동적이지 않은 상자 속으로 옮겨놓고 있었다.

애도는 자연스러운 과정이다. 세상에 사는 모든 사람들에게는 애도의 의식이 있다. 코끼리들마저도 그렇다. 그녀, 즉 베아트리스는 어머니를 일찍 여의었다. 그 상실은 그녀의 삶에 큰 구멍을 남겼다. 그녀는 슬퍼했고, 애도했고, 그녀를 그리워했다. 그리고 어느 지점에서 애도가 끝나고 그녀는 앞으로 나아갔다. 그러나 폴란드인은 앞으로 나아간 것처럼 보이지 않는다. 그녀를 잃고 그는 그녀를 애도했다. 죽은 아이를 포기하지 않으려 하는 어머니처럼 자신의 상실을 보듬으며 애도를 계속했다.

그는 다음 세계에서 그녀와 다시 만나기를 기대한다고 **말한다.** 그러나 그게 무슨 의미일까? 그가 바르샤바의 쓸쓸한 아파트에 혼자 앉아 있을 때, 그녀를 다시는 볼 수 없다는 걸 깨달았던 순간들이 있었을 게 틀림없다. 그러한 현실적 상실을 참을 만한 것으로 만들기 위해 그는 쇠잔해가는 힘을 **새로운** 베아트리스를 불러내고 만들어내고 존재하게 하는 데 쏟아부었음이 틀림없다. 변모했지만 그녀의 자아를 상당 부분 간직한 새로운 사람, 그를 거절하고 더 나쁘게는 그를 잊어버리기까지 하는 사람이 아니라, 오히려 비밀스럽고 불가사의한 수단을 통해 그녀를 위해 천상의 집을 준비하도록 부추기는 새로운 베아트리스.

그녀는 가장 형이상학적 의미에서 말고는 죽음 이후의 삶을 믿지 않는다. 그녀가 죽으면 그녀의 아이들은 그녀를 기억하고 좋든 싫든 그녀를 추억할 것이다. 그들은 정신분석학자들과 함께 그녀를 잘게 부술지도 모른다(**그녀는 좋은 어머니였나요? 나쁜 어머니였나요?**). 그들이 그렇게 계속하는 한 그녀는 꺼져가는 잠깐의 삶을 즐기게 될 것이다. 그러나 그들의 세대가 지나면 그녀는 먼지 묻은 기록 속으로 던져질 것이고, 세상의 빛으로부터 영원히 차단당할 것이다. 그것이 그녀의 믿음, 성숙한 성인으로서의 믿음이다. 그녀는 폴란드인도 음악과 시에 몰두하지 않을 때는 그렇게 생각했을 것이라고 인정하려고 한다. 즉, 그도 두 사람이 서로를 만나, 그들이 처음 인간으로 태어났을 때는 운이 좋지 않아서 그들로부터 보류되었던 행복을 즐기는 다른 세계의 다른 삶이 있을 것이라고 **실제로는** 믿지 않았을 것이다.

그렇다면 왜 그는 마지막 몇 달 동안, 그렇게 자신만 만하게 그녀를 다시 볼 것이라고 기대하는 시들, 내세에 대한 어떠한 이론에도 끈질기게 따라붙는 질문들을 확고 부동하게 피하는 시들을 쓰고, 그리고 그녀에게 전념했을 까? 내세에 관한 다음과 같은 질문들: 사랑하는 사람은 그녀의 곁과 그녀의 침대에서 내세를 보내기를 바라는 다수의 배우자와 연인들과 같이 오지 않을까? 내세에는 질투가 없을까? 지루함은 없을까? 배고픔은 없을까? 대변은 안 볼까? 옷은 어떨까? 모두가 발목까지 내려오는 볼품없는 모조품을 입어야 할까? 속옷은 어떨까? 레이스 달린 것이 허용될까, 아니면 모든 것이 아주 수수하고 아주 청교도적이어야 할까?

천국: 똑같은 옷을 입고 돌아다니며 그들의 반쪽을 애타게 찾는 영혼들로 가득한 거대한 대기실.

17 그가 겉모습의 문제를 회피한다는 말이 전적으로 사실은 아니다. 그는 내세에 관한 시 중 하나에서 그와 그녀가 벌거벗고 만난다고 쓰면서, 현세—그는 마요르카를 언급하고 있는 게 분명하다—에서는 사랑의 테이블에 추하고 늙은 남자의 몸 외에는 아무것도 가져갈 수 없었던 것이 수치스러웠다고 고백한다.

18 그녀가 그에게 이토록 모진 이유가 무엇일까? 그녀는 왜 메스를 들고 그가 남긴 시들 위를 서성일까? 그것에 대한 답은 그녀가 그 이상의 것을 기대하고 있었기 때문이다. 그렇게 인정하는 것은 어렵지만, 그녀는 자기를 사랑했던 남자가 그 사랑, 그 에너지, 그 **에로스**를 이용하여 그가 한 것보다 더 좋은 삶으로 데려다주기를 희망하고 있었다. 그녀의 허영이었을까? 어쩌면 그럴지 모른다. 그러나 폴란드인은 전통적이고 고전적인 의미에서 자신을 예술가, 마에스트로라고 생각했다. 그리고 전통적이고 고전적인 의미의 예술가(단테!)는 그녀에게 믿을 수 있고 그녀가 쉽게 내뱉는 조롱에도 끄덕하지 않는 새로운

삶을 가져다주었을 것이다. **연인에게는 욕망의 대상인 몸이 영혼이다.** 폴란드인은 그녀의 몸을 사랑했다. 폴란드인은 그녀의 영혼을 사랑한다(그는 그렇게 말한다). 그러나 그녀는 시들 속 어디에서 몸이 영혼으로 변모하는 것을 보는가?

베이스 부인의 아들은 시들이 약하다고 했다. 대체로 그녀도 같은 생각이다. 폴란드인도 그 약점을 알았을까? 그것을 알았음에도, 죽음이 그에게 서서히 다가오는 것을 바라보지 않으려고 계속 시를 쓰며 바쁘게 보냈던 것일까?

그녀는 그의 애처로운 작업 전체, 굳건히 자리를 잡은 적이 없는 사랑을 되살리고 완성하려는 작업 전체를 책상 위에 펼쳐놓고, 화가 나기도 하고 안쓰럽기도 한 감정에 사로잡힌다. 그녀의 눈앞에 그의 모습이 점점 더 선명하게 펼쳐진다. 보기 흉한 아파트에 있는 타자기 앞에 앉아, 그가 숙달하지 못한 예술을 이용하여, 사랑의 꿈에 생기를 불어넣으려고 안간힘을 쓰는 노인의 모습.

그녀는 생각한다. **내가 그를 부추기지 말았어야 했다. 모든 것을 떡잎부터 잘라버렸어야 했다. 그러나 나는 그것**

이 어디로 향하는지 알지 못했다. 나는 그것이 이렇게 끝날 것이라고는 생각하지 못했다.

그녀는 번역물을 폴더에 다시 넣는다. 그녀 말고 누가 이런 것을 읽으려고 할까? 모든 게 헛수고였다. 그토록 끈질긴 모든 노력, 하나의 벽돌 위에 또 다른 벽돌을 얹는 모든 것이 헛수고였다. 그와 같은 남자들, 단어에 활기를 부여하는 기술이 부족한 남자들의 손에서 나오는 활기 없는 장황한 말들과 함께, 나쁜 시를 보관할 수 있는 박물관조차도 없다. 그녀는 생각한다. **가엾은 늙은 친구! 가엾은 늙은이!**

19 그는 그들이 내세에 만날 수 없는 건 내세가 없어서가 아니라, 그녀가 영원히 닿을 수 없는 천국에서 떠도는 동안, 운명이 그를 지하에 넘겼기 때문이라는 생각은 해보았을까?

20 아니면 거꾸로일까?

6장

비톨트에게

시집 고마워요. 당신은 그것이 어떤 우회로를 거쳐왔는지 믿지 못할 거예요. 여하튼 이제 내가 읽을 수 있는 형태가 되어 왔어요.

번역자의 아들 나탄은 조금 주제넘긴 하지만 괜찮은 젊은이예요. 그 친구는 아프로디테 시가 가장 좋다고 했어요. 당신이 바다 밑으로 가서 대리석상으로 된 아프로디테를 만나는 시 말이에요.

만약 아프로디테가 나를 상징하게 되어 있다면, 그리고 내가 아프로디테가 되어야 한다면, 당신은 실수한 거예요. 나는 그러한 여신이 아니거든요. 사실 나는 전혀 여신이 아니에요.

내가 베아트리체라는 것도 잘못된 거예요.

당신은 바닷속에 있는 아프로디테가 당신을 보지 않고 곧장 당신 너머를 보았다고 불평하고 있어요. 그런데 내 입장에서 얘기하자면, 나는 내가 당신을 아주 잘 보았다고 생각했어요. 당신을 있는 그대로 보고 받아들였다고요. 그러나 어쩌면 당신은 그 이상을 원했는지 모르죠. 어쩌면 당신은 내가 당신 안에 있는 신을 보아주기를 바랐는지 모르죠. 나는 그렇게 하지 않았죠. 미안해요.

나의 마음에 특별히 와닿은 시는 당신이 작은 아이였을 때 어머니에게서 받은 해부학 수업에 관한 시였어요. 이제 고백하지만, 나는 당신을 알았던 기간 동안 당신을 소년으로 생각해본 적이 단 한 번도 없었어요. 나는 당신을 이성적인 성인으로 생각했고, 당신도 나를 똑같이 대해주기를 바랐어요. 그것이 또 다른 실수였을지 몰라요. 우리가 성인의 가면을 벗어버리고 서로에게 아이 대 아이로 접근했더라면 더 잘됐을지 몰라요. 그러나 물론 아이가 된다는 것은 보기보다 쉬운 일은 아니죠.

당신은 나한테 한두 개의 당황스러운 제안을 한 적이 있었죠. 예를 들어, 당신과 함께 브라질로 달아나자고 한 것이 그래요. 그러나 당신은 실제로 나한테 구애한 적이 없어요. 결국 당신은 나를 유혹하지 않았어요. 당신도 동의하겠지만, 유혹은 없었어요.

구애를 받았더라면 나는 좋아했을 거예요. 유혹을 받았더라면 좋아했을 거예요. 달콤한 말을 듣고, 남자들이 자고 싶어 하는 여자들에게 하는 아첨 섞인 거짓말들을 들었으면 좋아했을 거예요. 왜냐고요? 모르겠어요. 굳이 알고 싶지도 않고요. 용서받을 수 있는, 여자다운 소망이라고나 할까요.

내가 당신에게 발데모사로 돌아가라고 했을 때, 당신은 왜 그렇게 순순히 따랐던 거예요? 왜 당신은 나한테 애원의 말들을 쏟아내지 않았던 거예요? **나는 당신 없이는 살 수 없어요!** 어째서 이런 말들을 하지 않았던 거예요?

연극조라는 게 있잖아요. 비톨트, 연극조에 대해 들어본 적 없나요? 쇼팽을 들어봐요. 춤곡을 들어봐요. 당신의 엄격하고 미세한 해석일랑 잊어버리고요. 기분 전환 삼아 당신의 귀를 진짜 쇼팽 연주자들에게, 음악의 연극조에 빠져 이따금 건반을 잘못 눌러도 괘념치 않는 열광적인 사람들에게 열어봐요.

그리고 당신은 자신이 죽어가고 있다는 것을 알았을 때 왜 나한데 편지를 쓰거나 전화를 하지 않았나요? 쉬운 일이었을 텐데 말이죠. 시를 쓰는 것보다 훨씬 더 쉬운 일이었을 텐데. 당신의 이웃 말로는 당신은 마지막 몇 해 동안 시를 쓰는 것 말고는 아무것도 하지 않았다고 하더군요. 음악을 단념했다고 하더군요. 왜 그랬나요? 믿음을 잃었나요?

당신이 단테라면 나는 당신의 영감과 당신의 뮤즈로 역사에 남을 거예요. 그러나 당신은 단테가 아니에요. 우리 앞에 증거가 있네요. 당신은 위대한 시인도 아니에요. 아무도 나에 대한 당신의 사랑에 관해서 읽으려고 하지 않을 거예요. 그런데 잘 생각해보면 나는 그래서 기뻐요. 기쁘고 안심이 돼요. 나는 당신이나 다른 누구에게도 나를 대상으로 뭘 써달라고 한 적이 없어요.

당신이 잊어버렸을지 몰라, 내가 앞에서 말한 시를 적어요. (운韻이 없는) 새로운 스페인어 옷을 입힌 시예요.

시 20

"엄마도 그거 있어요?" 나는 목욕이 끝나고 어머니가 몸을 닦아줄 때 물었다.

"아니," 내 어머니가 말했다.

"나는 여자란다,

받아들이게 만들어진 사람이지.

그런데 나의 젊은 남자, 너는

주게 만들어져 있지.

너의 피피는 주기 위한 거야. 그것을 잊지 마렴."

"엄마, 뭘 줘요?"

"기쁨을 주고. 밝음을 주고. 씨를 주고.

그래서 계절마다 되풀이하여

새로운 곡물이 솟아나도록."

씨를 준다는 것은 무슨 의미였을까?

나는 어둡게만 보았다

나는 **밝음**을 전혀 보지 못했다

베아트리체

그녀가 나의 길에 빛을 드리우기 전까지는.

그러나 나는 그녀의 몸

모든 여성의 몸

여신의 몸에 들어가면서

무엇을 주었을까?

죽은 씨앗을 주었거나

아무 씨앗도

아무 기쁨도

아무 빛도

주지 않았다.

용기를 내렴, 엄마는 말했다.

자기 꼬리를 삼키는 뱀처럼

시간에는 끝이 없단다.

언제나 새로운 시간

새로운 삶이 있단다.

유나 비타 누오바.•

그런데 이제는

나의 귀여운 왕자님이

잘 시간이다.

좋은 시예요. 당신도 내 말에 동의할 거예요.

베아트리스 올림

비톨트에게

두 번째 편지네요. 걱정하지 말아요. 너무 많지는 않
을 테니까요. 당신을 나의 비밀 친구, 유령 동반자, 유령

• 새로운 삶(프랑스어)

팔다리로 만들고 싶지는 않으니까요.

우선, 어제 했던 폭언에 대해 사과할게요. 내 안에 뭐가 들어갔었는지 모르겠어요. 당신은 단테가 아닐지 모르지만, 당신의 시들은 나에게 엄청난 의미예요. 고마워요.

내가 이 편지를 쓰는 것은 당신이 너무 고통스럽게 삶을 마감하지 않았기를 바란다는 말을 하고 싶어서예요. 바르샤바에 있는 당신의 아파트에 갔을 때, 나는 함에 든 당신의 유골을 보았어요. 당신의 딸이 잊어먹고 가져가지 않았거나, 당신 딸이 베를린으로 돌아간 후에 그것이 배달되었기 때문인 것 같아요. 당신의 유골을 소홀히 하는 것은 조금 뜻밖이었어요. 현대적인 기준으로 봐도 그래요. 내가 이런 말을 하는 것을 당신이 괘념치 않으면 좋겠어요. 틀림없이 바르샤바에는 당신이 들어갈 수 있는 영웅 묘지 비슷한 것이 있지 않을까 싶어요.

당신 딸과 당신 친구 마담 야블론스카는 당신이 어떻게 죽었는지에 대해 별다른 말을 안 하더군요. 당신 친구는 내가 마지막에 들었을 때 우치에 있는 가족을 방문하고 있더라고요.

내가 이 얘기를 꺼내는 것은 마지막에서 두 번째인 시 83의 여백에 육필로 쓰여 있는 말 때문이에요. 나는 그 말을 시의 일부라고 생각했는데, 번역자는 생각이 다르더군요. 그녀는 그것이 어디에도 맞지 않을 뿐만 아니라 폴란드어나 이탈리아어가 아니라 영어로 되어 있다는 점을 지적하더군요. 그녀는 그것을 시와는 별개의 것이라고 하더군요. 내가 얘기하는 것은 **"나를 구해줘요, 나의 베아트리체"**라는 말이에요.

만약 그 말들이 시의 일부이며 '베아트리체'가 당신의 친구이자 스승인 단테로부터 빌린 천상의 존재라면 됐어요. 더는 얘기하지 않을게요. 그러나 베아트리체가 나라면, 그리고 당신이 그 말을 썼을 때 당신을 구해달라고, 당신을 죽음으로부터 구해달라고 나한테 애원하고 있었다면, 내가 당신에게 하고 싶은 말은 첫째, 그러한 메시지가 텔레파시로든 다른 것으로든 나한테 도달하지 않았으며, 둘째, 그것이 나한테 도달했다 하더라도 나는 어쩌면 가지 않았을 거라는 거예요. 나는 당신하고 브라질로 달아나지 않았던 것처럼 바르샤바에 있는 당신에게 가지 않았을 거예요. 나는 당신을 좋아했어요(그 말은 할 수 있어요). 그러나 당신을 위해 모든 것을 포기할 정도로 터무니없이 좋아한 것은 아니었어요. 당신은 나와 사랑에 빠져 있었어요. 나는 그것에 관해서는 아무 의심도 없어요. 그리고 사랑은 본질적으로 터무니없는 거예요. 그러나 나의 감정은 더 그늘지고 더 복잡한 것이었어요.

당신이 아무 방어도 할 수 없을 때 이런 말을 하는 것이 무정한 짓일지 몰라요. 그러나 그런 의도는 아니에요. 당신한테는 낭만적인 사랑이라는 낡은 철학적 체계가 있어요. 거기에 나를 당신의 돈나*이자 구원자로 끼워 넣으려고 했어요. 살아 있는 존재들을 으깨버리고 망가뜨리는 생각의 체계에 대한 유보적인 회의주의 말고는, 나한테는 그런 수단들이 없어요.

이제 당신이 죽었으니 우리, 서로에게 솔직해질 수 있어요. 안 그래요? 꾸며봤자 무슨 소용이에요? 우리, 정직하되 잔인해지지는 말아요.

* donna. 귀부인(이탈리아어).

솔직히 말해서, 당신의 시들 중 첫 번째 것을 좋아하는 척하지 않을게요. 당신이 우리의 육체적 관계를 묘사하는 거친 방식도 마찬가지예요. 나는 당신의 딸이 그 시를 보았고, 그것이 나에 대한 그녀의 태도에 영향을 미쳤다고 생각해요. 그녀는 내가 당신의 창녀라도 되는 것처럼 나를 대하더군요.

두 번째 시도 별로 감흥이 없었어요. 나는 여자들을 노골적으로 쳐다보는 남자들을 일반적으로 좋아하지 않아요. 그렇게 쳐다보는 눈길이 나에게는 유혹적이지 않거든요. 조금도 말이죠. 그리고 카임(번역자의 말이에요)이 뭐죠? 사전을 찾아보니 몸에서 나온 액체라고 하던데 그건 무슨 뜻이죠?

시 2

무엇보다도 그는 그녀를 바라보고 싶어 했다.
늙은 남자와 젊은 여자.
그녀를 가질 수 없으니

(드러난 목, 치마의 움직임, 상상할 수 없는 유혹)

모든 성적 흥분감이 그의 사타구니에서부터 위로 올라갔다

피를 통해, 카임을 통해 위로 올라갔다

그의 살아 있는 눈길에 가득 차도록.

그녀를 바라보는 것이 그녀를 소유하는 방식이었다.

그는 사람들이 모여 있는 곳이면

매력적인 여자를 아무나 골라

그녀를 시야에 두고

그녀에게 눈길을 보내는 것처럼 보였다

(그는 그녀를 그의 병풍이라고 불렀다)

그러나 그가 집어삼키고 있는 것은

더 멀리 있는 사람이었다,

그의 베아트리체

그의 과녁

라 모데스타, 정숙한 여인.

(정숙함은 그녀가 가진 미덕 중 하나였다. 정숙함, 우아

함, 착함.)

　나로서는, 운이 없었고

너무 늦게 왔고 너무 멀리 살았다

눈을 감고 그녀의 모습을 떠올릴 수밖에 없었다

기억의 방들에서 파닥이는 가엾고 가냘픈 것.

나는 이 시를 이해하기 어려웠어요. 나한테는 너무 어려웠어요. 나는 번역이 제대로 되었기를 바라요. 당신이 제일 잘 알겠지요. 번역자는 전문가가 아니었어요.

라 모데스타. 고마워요. 나를 좋게 생각해줘서 고마워요. 거기에 맞게 살아보려고요.

그러나 밤이 깊어지고 있어요. 잘 자요, 나의 왕자님. 잘 시간이에요. 잘 자요. 좋은 꿈 꿔요.

베아트리스 올림

추신: 다시 쓸게요.

쿳시의 쓸쓸한 사랑 이야기

J. M. 쿳시는 자기만의 예술세계를 탄탄히 구축한 위대한 작가다. 지금까지 발표한 소설들을 보면 그가 얼마나 치열하게 자신만의 독특한 예술세계를 구축해왔는지 쉽게 알 수 있다. 세계 최초의 부커상 2회 수상과 노벨문학상 수상은 그의 예술적 성취에 대한 찬사의 일부일 따름이다. 현대 작가 중에서 그보다 더 많은 관심을 받은 작가가 있었나 싶을 정도로 압도적인 관심이 그의 소설들에 쏠리고 있는데, 이것은 그가 지금까지 그의 산문을 통해 보여준 예술적 성취와 윤리성을 생각하면 당연해 보인다. 소설을 '사유의 한 방식'으로 생각하는 그는 사유의 폭과 깊이에서도 거의 독보적인 작가라고 해도 과언이 아니다.

더욱 놀라운 것은 그가 나이 들어서도 예술성이 전혀 떨어지지 않는 좋은 소설들을 꾸준히 발표해왔다는 사실이다. 나이가 들면서 창작력이 쇠퇴하는 것은 태어나고 죽는 것만큼이나 자연스러운 일인데, 그는 중력을 거부하기라도 하듯 여전히 좋은 소설을 내놓고 있다. 그가 59세 때 발표한 대표작 『추락』(1999) 이전의 소설들, 즉 『야만인을 기다리며』, 『마이클 K의 삶과 시대』, 『포』, 『철의 시대』, 『페테르부르크의 대가』는 물론이고, 이후에 발표한 『어느 운 나쁜 해의 일기』, 『엘리자베스 코스텔로』, 『서머타임』, 『예수의 죽음』 등을 보면 어쩌면 그렇게 매번 다른 유형의 소설을 발표할 수 있는지 감탄스러울 정도다. 그의 소설들은 그의 예술 세계가 해를 거듭할수록 더 다채롭고 깊어지고 심오해졌다는 것을 유감없이 보여준다.

그가 2023년에 펴낸 『폴란드인』도 그런 소설 중 하나다. 그가 이번에는 사랑을 주제로 한 소설을 내놓았다. 소설은 스페인 바르셀로나에 사는 사십 대 여성과 폴란드에 사는 칠십 대 피아니스트의 사랑 이야기다. 그런데 그들의 사랑에는 장애물이 있다. 언어다. 그들은 서로 다른 언어권에 속해 의사소통을 자유롭게 할 수 없는 상태다. 여자는 스페인어를, 남자는 폴란드어를 사용하기 때문에 그들은 세계 공용어라 일

컬어지는 영어를 통해 소통할 수밖에 없다. 그런데 어떻게 남의 언어인 영어로 가슴이 느끼는 내밀한 감정을 제대로 전달할 수 있겠는가. 게다가 영어는 세계 공용어라는 말이 무색할 정도로 불분명하고 애매해서 그들의 복잡한 감정을 제대로 담아내지 못한다. 여자보다 영어 구사력이 현저히 떨어지는 남자의 경우에는 더욱 그렇다. 그래도 두 사람이 첫눈에 서로 사랑에 빠졌다면, 언어의 상벽을 어느 정도는 넘어설 수 있을지 모른다. 그런데 그들의 사랑은 상호적이 아니라, 쇼팽의 곡을 연주하기 위해 바르셀로나를 찾은 피아니스트가 연주회 주최자로서 그를 영접한 여성과 일방적으로 사랑에 빠진 경우다. 남자는 영어로 자신의 마음을 전달할 수 없게 되자, 언어 대신 예술에 기대려 한다. 그는 쇼팽의 b단조 소나타 오디오 파일을 여자에게 이메일로 보내며 이렇게 말한다. "당신만을 위해 이것을 녹음했습니다. 영어로는 마음속에 있는 것을 표현할 수가 없네요. 그래서 음악으로 말하려고요." 그러나 그의 마음을 여자에게 전달하는 데 실패하기는 음악도 마찬가지다. 여자는 그가 자신만을 위해 연주했다는 녹음을 들어보지만, 거기에는 열정이 없다. 그의 연주는 바르셀로나에서 쇼팽을 연주했을 때 그러했던 것처럼, 건조하고 단조롭고 열정이 없다. 여자는 쇼팽을 바흐 식으로 담담하게 해석하는 그의 연주가 마음에 들지 않는다. 가슴 뛰는 사랑의 감정도, 서정적인 느낌도 전혀 느껴지지 않는다. 평생을 바쳐온 예술이 그의 개인적인 감정을 전달하는 데 실패한 것이다. 아무리 대중적으로 이름이 알려진 연주자라 해도 자신의 열정을 담아낼 수 없다면, 예술은 대체 뭐란 말인가. 어째서 그의 연주는 그의 사랑을 담아내는 데 실패하는가. ("모든 글은 자서전이다"라는 쿳시의 말을 액면 그대로 받아들이자면, 쿳시는 폴란드 피아니스트라는 인물 속에 자신을 투영하고 있는지도 모른다. 폴란드 피아니스트의 모습이 쿳시의 자전적인 『서머타임』에 그려진 자화상과 크게 다르지 않은 것은 우연이 아닌 듯하다. 특히 폴란드 피아니스트가 쇼팽의 곡을 간결하고 건조하게 바흐 식으로 해석하는 것은 쿳시가 자신의 작품에 대해 내리는 평가일 수도 있겠다는 생각이 든다.)

그래도 피아니스트는 사랑을 포기하지 않는다. 그는 폴란드로 돌아가서 음악을 버리고 모국어인 폴란드어로 시를 쓰기 시작한다. 여자는 남자가 세상을 떠난 후 그가 자기에게 남긴 시들을 전문 번역가에게 의뢰해 번역한다. 그러나 번역된 시에서 그의 마음을 읽어내는 것은 여간 어려운 일이 아니다. 아니, 거의 불가능해 보인다. 게다가 그의 시는 난해하기 짝이 없다. 소설은 여자가 남자의 난해한 시를 번역문으로 읽

고, 이미 죽고 없는 남자에게 편지를 쓰고, 나중에 또 쓰겠다
는 말을 덧붙이면서 끝난다. 그러면서 두 사람 사이의 관계는
죽음 이후에도 애매하게 이어진다. 소설은 사랑 이야기의 형
태를 취하고 있지만, 엄밀하게 얘기하면 사랑의 실패 이야기
요, 사랑이라고 꼭 집어 말하기 어려운 사랑 이야기이다.

쿳시의 소설에서는 사랑에 성공하는 사람들을 찾기 힘들
다. 『나라의 심장부에서』, 『야만인을 기다리며』, 『추락』, 『슬
로우 맨』, 『어느 운 나쁜 해의 일기』, 『서머타임』 등에 나오는
사랑은 늘 아프고 쓰리고 허망하고 스산하다. 『폴란드인』에
형상화된 사랑도 마찬가지다.

쿳시의 소설들이 가진 특징 중 하나는 다른 작가들의 작
품을 늘 그의 소설 속으로 끌어들인다는 것이다. 직접적이든
간접적이든, 그의 소설에는 언제나 다른 작가들의 자취와 흔
적이 있다. 이것은 첫 소설 『어둠의 땅』에서부터 최근작에 이
르기까지 그가 발표한 모든 소설의 바탕을 이루는 일종의 문
법 같은 것이다. 예를 들어, 그의 대표작인 『추락』을 보면 바
이런, 워즈워스, 하디를 비롯한 많은 작가들의 소설과 시가
인용되고 변주된다. 단언컨대, 다른 작가의 작품이 그의 소설
속으로 들어오지 않은 경우는 거의 없다. 그래서 쿳시의 소설

은 러시아 비평가 미하일 바흐친의 용어를 빌려 말하자면, 다른 작가의 작품과 '대화적' 관계에 있다. 바흐친에게서 깊은 영향을 받은 프랑스 철학자 줄리아 크리스테바는 그러한 대화적 관계를 가리켜 상호텍스트성이라고 했다. 쿳시의 소설은 철두철미하게 상호텍스트적이고 대화적이다. 심지어 자신이 이미 발표한 소설들과도 대화적 관계에 있다. 그래서 크리스테바가 상호텍스트성을 논하며 사용한 '인용의 모자이크'라는 말은 그의 소설 모두에 적용될 수 있는 말이다.

『폴란드인』도 예외가 아니다. 이 소설에서도 쿳시는 어김없이 다른 예술가를 끌어들인다. 쇼팽을 자기 나름으로 해석하는 피아니스트가 등장하니 쇼팽을 비롯한 음악가들이 소설 속으로 유입되는 것은 말할 것도 없다. 어쩌면 가장 중요한 것은 쿳시의 소설이 단테의 『새로운 인생Vita Nuova』이나 『신곡』과 이루는 대화적 관계다. 『새로운 인생』과 『신곡』에 나오는 단테와 베아트리체 이야기는 쿳시의 소설에 나오는 비톨트와 베아트리스 이야기의 원형에 해당한다. 쿳시는 단테와 베아트리체의 러브 스토리를 비톨트와 베아트리스의 러브 스토리로 다시 쓴 셈이다. 물론 차이는 있다. 단테의 스토리는 남자, 즉 단테의 시각에서 자신에게 영감을 준 뮤즈에 관해 쓴 것이지만, 쿳시의 스토리는 뮤즈인 여자의 시각에서 쓴 것이다. (묘하게도 쿳시는 여성 인물을 남성 인물보다 더 생동감 있게 그리는 경향이 있다. 나는 1998년, 그와 인터뷰를 할 때 왜 그러한지 물은 적이 있었는데 그의 답변은 이랬다. "대부분의 남자들처럼—이것은 명백한 사실임에도 불구하고, 놀랍게도 이런 발언을 누가 하는 것을 별로 들은 적이 없습니다—저는 남자들보다 여자들과 더 친밀한 관계를 가지며 삶의 더 많은 부분을 보냈습니다. 따라서 어떤 의미에서 보면 여자들의 삶을 탐색하는 데 있어서는 여자들보다 더 유리한 위치에 있습니다. 그것을 역으로 말하자면 남자들의 세계를 탐색하는 데 있어서는 여자들이 더 유리한 위치에 있다는 말도 됩니다." 놀라운 발언이 아닐 수 없지만, 베아트리스라는 인물을 형상화하는 작가의 솜씨를 보면 고개가 끄덕여진다.) 여하튼 쿳시는 두 인물을 서로 다른 국적의 인물로 설정함으로써 언어의 문제와 감정의 문제가 겹치게 해 그들의 관계를 더욱 복잡한 것으로 만든다. 사랑의 이야기에 번역의 이야기, 오역과 오해의 이야기, 언어의 이야기가 중첩되는 셈이다. 거기에다 죽음의 이야기까지.

늘 그렇듯이 쿳시의 산문은 간결하고 검소하다. 게다가 이번 소설은 번호를 매겨가며 이야기가 전개되어 더 간결하고 검소해 보인다. 작가는 이야기가 만들어지는 과정을 보여주기라도 하듯, 번호를 매겨가며 문장들을 채워나간다. 그리고 그것이 모여 이야기가 된다. 이것은 그가 두 번째 소설인 『나라의 심장부에서』(1977)에서 시도했던 방식이다. 독자는 번호가 붙은 이야기를 읽으면서 자신이 읽고 있는 것이 전적으로 인위적인 구성물이라는 것을 의식하게 된다. 1이라는 숫자에는 다음과 같은 문장이 달려 있다. "여자가 먼저 그를 곤란하게 만들고, 이어서 곧 남자가 그렇게 한다." 이 문장 하나만 달랑 있다. 여기에 나오는 '그'는 작가이자 화자다. 소설을 구상하고 쓰기 시작하는 작가를 상상해보라. 작가는 여자를 먼저 떠올리고 이어서 남자를 떠올리는 모양이다. 소설은 이런 식으로 시작하여 거기에 살이 붙는다. 조금 더 건너뛰어 4번으로 가면 이렇게 되어 있다. "그들은 어디에서 왔을까? 키가 큰 폴란드 피아니스트와 걸음걸이가 편안해 보이는 우아한 여자이면서 좋은 일을 하며 나날을 보내는 은행가의 아내. 그들은 안으로 들여보내거나 물리치거나 쉽게 해달라며 일 년 내내 문을 두드리고 있다. 마침내 그들의 시간이 온 것일까?" 작가는 폴란드 피아니스트와 바르셀로나 여자에 대해 일 년 정도 생각을 하고 있었던 것으로 보인다. 그들이 일 년 동안 문을 두드리고 있다는 은유적 표현은 무슨 이유에선지 두 인물이 작가의 머리에 떠올랐고, 이제는 어쩔 수 없이 그들을 대상으로 소설을 쓰든지 말든지 결정해야 할 때가 되었다는 의미다. 그들의 관계가 어떻게 될지는 아직 모른다. 이렇게 작가이자 화자는 자기를 드러낸 다음, 그들에 관한 이야기를 만들어가기 시작한다. 이후로 작가이자 화자는 더는 자신을 드러내지 않지만, 낯선 서두가 아닐 수 없다. 우리는 그러한 서두를 지나 이야기 속으로 들어가게 된다.

이런 방식으로 소설을 시작하는 이유는 이 소설이 어딘가에서 있었던 사건의 재현이 아니라, 상상력의 소산이라는 점을 강조하기 위해서다. 즉, 자신의 소설이 현실을 베끼고 재현하는 사실주의가 아니라 전적으로 언어적인 구성물이라는 말이다. 영화가 만들어지는 과정을 보여주며 영화 자체를 탈신비화하는 영화가 있듯이, 쿳시의 소설은 소설이 만들어지는 과정을 보여주고 소설 자체를 탈신비화하며 이야기를 펼치는 소설이다. 일종의 메타소설이자 포스트모던 소설인 셈이다.

그런데 묘하게도, 만들어지는 과정을 보여주면서 시작되는 이 소설은 가면 갈수록 흥미진진해진다. 쿳시는 이 소설에 사랑과 죽음, 사랑과 예술에 관한 자신의 사유를 한껏 집어넣었다. 바흐 식으로 쇼팽을 해석하는 노년의 피아니스트에게서는 자신의 소설들을 돌아보는 작가의 모습이 느껴지기도 한다. 그는 좀처럼 자신의 사적인 삶을 드러내지 않으려 하는 내성적인 작가지만, 그의 소설은 자기도 모르게 그의 고독한 자아를 드러내고 있는 것처럼 보인다. 바르셀로나 여자가 바라보는 폴란드 피아니스트의 모습은 쿳시 자신이 바라보는 소설가 쿳시일지도 모른다. 쿳시의 말을 다시 인용하자면, "모든 글쓰기는 자서전이다."

영어로 쓰인 『폴란드인』은 2023년에 출간되었다. 특이한 것은 이 소설이 2022년에 스페인어로 번역되어 아르헨티나에서 출간되었다는 사실이다. 스페인어 번역이 영어 원본보다 1년 먼저 출간된 것이다. 이것은 2016년에 나온 『예수의 학창시절』과 2020년에 나온 『예수의 죽음』의 경우에도 마찬가지였다. '예수 3부작'에서 첫 권인 『예수의 소년 시절』을 제외한 나머지 두 권이 아르헨티나에서 스페인어로 먼저 출간되었다. 공교롭게도 『폴란드인』, 『예수의 학창 시절』, 『예수의 죽음』은 스페인어가 사용되는 공간을 배경으로 한다. 하나는 스페인의 바르셀로나를, 나머지 둘은 스페인어만 통용되는 미지의 공간이다. 그러나 스페인어를 사용하는 인물들이 등장한다는 이유로 쿳시가 소설을 아르헨티나에서 먼저 출간한 것은 아니었다. 그가 그렇게 한 것은 영어의 주도권, 즉 영어가 세계 공용어로 통하는 언어 식민주의적인 현실에 대한 그 나름의 저항감 때문이었다. 그는 인터뷰에서 "나는 영어가 세계를 점령하는 방식이 싫습니다. 나는 그것이 발을 딛는 곳마다 소수의 언어를 으스러뜨리는 방식이 싫습니다. 나는 그것이 세계적이라는 주장, 즉 세상이 영어로 정확하게 반영된다는 검증되지 않은 주장이 싫습니다. 나는 이 상황이 영어 원어민들에게 조성하는 오만함이 싫습니다. 따라서 나는 영어의 주도권에 저항하기 위해서 내가 할 수 있는 작은 것을 하는 것입니다"라고 말했다. 의미심장한 발언이다. 어디 하나 틀린 구석이 없다. 영어가 패권적인 것도 사실이고, 영어가 모국어인 사람들이 오만하게 행동하는 것도 사실이다. 그리고 쿳시가 북반구가 아니라 남반구인 아르헨티나에서 소설을 먼저 출간한 것도 의미심장하긴 마찬가지다. "북반구보다 남반구에서 먼저 출간하는 것의 상징성이 나에게는 중요합니다." 이것은 영어가 세계를, 북반구가 남반구를 식민화하고 있다고 그가 인식한다는 의미다. 그의 생각에 일리가 없는 것은 아니다. 영어는 가는 곳마다 토착어들을 으스러뜨렸고, 북반구는 남반구를 정복의 대상으로 여겼다. (물론 이 논리에 아이러니가 없는 것은 아니다. 스페인어도 영어처럼 가는 곳마다 소수 언어를 으스러뜨리는 제국의 언어였다. 그러나 쿳시가 왜 영어를 제국의 언어라고 하는지, 현재의 시점에서 생각할 필요가 있다. 영어가 세계어로 통용되는 게 우리가 사는 세상이다.)

영어로 글을 써서 노벨문학상까지 수상한 작가가 영어에 대해 이러한 생각을 한다는 게 이상해 보일지 모른다. 그런데 우리가 알아야 할 것은 영어가 그의 모국어가 아니라는 사실이다. 비록 영어로 글을 쓰지만, 그가 문화적으로나 지적으로 영어를 비판할 수 있는 것은 언어적인 면에서 그가 점유하는 독특한 위치에 있다. 데이비드 애트웰이 말했듯이, 쿳시의 "말과 산문이 가진 주도면밀한 정확성은 영어가 자신의 모국어일 수 없다는 그의 의심을 뒷받침한다." 쿳시가 영어에 능통하지만, 영어를 낯선 언어로 접근하기 때문에, 원어민보다 더 주도면밀하고 정확하게 영어를 사용하려 한다는 것이다. 쿳시의 모국어는 네덜란드어가 남아프리카에서 자체적인 문법과 어휘가 더해지면서 정착한 언어, 즉 아프리칸스어 Afrikaans다. 그가 영어로 글을 쓰게 된 것은 네덜란드계 백인, 즉 아프리카너Afrikaner이면서도 영어를 선호하는 부모의 영향이 컸다. 좀 더 명확히 하자면, 그의 아버지는 네덜란드계 이민자의 후손이었고, 어머니는 폴란드계 이민자의 후손이었다

(이 소설에 폴란드 피아니스트와 쇼팽이 등장하는 것은 결코 우연이 아니다). 아버지가 아프리카너였으니 그도 아프리카너였고, 따라서 그의 모국어도 아프리칸스어였다. 그가 영어를 아웃사이더의 입장에서 접근하는 이유다. 폴란드 출신의 조지프 콘래드와 러시아 출신의 블라디미르 나보코프가 그러했듯이.

쿳시가 영어로 쓴 소설을 스페인어로 먼저 출간했다고 해서 영어의 패권적 위상이 바뀌지는 않을 것이다. 그러나 그와 같은 세계적인 작가가 영어의 패권적 위상을 그런 식으로 비판하고 거기에 작게나마 균열을 내려 하는 것은 의미 있는 일이다. 그가 영어의 패권을 문제시하는 것은 영어를 사용하는 국가들, 특히 영국과 미국 문화의 패권을 문제시한다는 말이기도 하다. 언어의 패권은 곧 그 언어가 속한 문화의 패권으로 이어지기에 그렇다. 그래서 그는 자신의 소설이 영어권, 특히 영국이나 미국에서 읽히고 해석되는 방식에 더 이상 관심이 없고, 오히려 비영어권에서 자신의 작품이 어떻게 수용되는지에 관심이 더 많다고 말한다. 심지어 그는 스페인어 번역본이 영어 원본보다 "자신의 의도를 더 잘 반영하고 있다"고 말하기까지 한다. 영어가 결코 완전한 언어일 수 없다는 말이다.

그의 비판이 이해되지 않으면, 영어가 우리말을 얼마나 으스러뜨리고 있는지 한 번쯤 돌아볼 일이다. 영어는 한국에 들어와서도 우리말을 망가뜨리고 있다. 그런다고 우리말이 없어지지는 않겠지만 오염의 정도는 상상을 초월한다. 이러한 언어적 현실을 생각하면, 우리는 쿳시의 소설을 읽으면서 곁가지로, 영어의 패권에 속수무책인 우리말에 대해 한 번쯤 진지하게 생각해볼 필요가 있을 것 같다. 쿳시의 말대로 언어의 패권은 문화의 패권을 의미한다. 이것은 우리 문화 속으로 영어권 문화, 특히 미국 문화가 얼마나 깊숙이 들어와 있는지 생각해보면 어렵지 않게 이해할 수 있다. 게다가 우리는 영어에 대해 유별나게 사대적이어서 역설적이게도 그들의 패권을 돕는다.

나는 작가를 1998년에 남아프리카 케이프타운대학교에서 처음 만났다. 지금은 그가 오스트레일리아로 이주해 살고 있지만, 당시는 케이프타운대학교 교수이면서 시카고대학교 교수였다. 나는 그를 만나 인터뷰했고, 그의 소설을 연구하고 번역하기 시작했다. 돌아보니 그렇게 한 지가 25년이 넘었다. 그동안 나는 그가 쓴 소설을 일부만 제외하고 대부분 번역했다. 그러면서 그를 더 잘 이해하게 되었고, 그에 대한 존경심이 더 깊어졌다. 나는 스무 살 무렵부터 지금까지 변함없이 좋아하는 도스토옙스키만큼이나 그를 높게 평가하고 존경한다. 그렇게 좋아하는 작가의 최근 소설을 번역해 내놓을 수 있게 되어 기쁘다. 올해로 여든네 살이 된 그는 여전히 품격이 있는 소설을 쓴다.

2024년 9월
왕은철

옮긴이

왕은철은 영문학자이자 〈현대문학〉으로 등단한 문학평론가로 전북대학교 영문과 석좌교수를 역임했다. 이어하트재단, 케이프타운대학학술재단, 풀브라이트재단의 펠로였다. 유영번역상, 전숙희문학상, 한국영어영문학회 학술상, 생명의신비상, 전북대학교학술상, 전북대동문대상, 부천디아스포라문학상 번역가상 등 다수의 상을 수상했다. 『철의 시대』, 『야만인을 기다리며』, 『추락』, 『서머타임』 등 다수의 책을 우리말로 옮겼으며, 『J. M. 쿳시의 대화적 소설』(문화체육관광부 우수도서), 『문학의 거장들』(한국연구재단 우수도서), 『애도예찬』(전숙희문학상), 『타자의 정치학과 문학』(세종도서, 한국영어영문학회 학술상), 『트라우마와 문학, 그 침묵의 소리들』(세종도서, 생명의신비상), 『따뜻함을 찾아서』 등을 썼다.

폴란드인

1판 1쇄 발행 | 2025년 1월 27일
1판 2쇄 발행 | 2025년 2월 20일

지은이 | J. M. 쿳시
옮긴이 | 왕은철

발행인 | 용호숙
펴낸곳 | 말하는나무
주소 | 경기도 양평군 양서면 왯재길 89
전화 | 031-774-5807
팩스 | 0504-394-6920
이메일 | brahms.hsj@gmail.com

출판 등록 | 2006년 3월 31일 제2024-00023호
인쇄 | 중앙문화인쇄사

ISBN 979-11-989664-0-7 03840